BENOIT GRELAUD

LA JEUNE FILLE QUI PARLAIT AUX SINGES

FLEURUS

À ma femme et à mes enfants.

À ma petite sœur et à mes parents.

Un grand merci à mes primo-lecteurs :
Brigitte, Patrice, Céline, Gwénolé, Salomé,
Hugues, Stéphanie, Sadik et Lucie.
Merci également à mes éditrices, Sarah et Anna,
qui me suivent depuis l'aventure de *P'tit gros*.
Merci à Gérard Collard, qui fut le premier
à défendre mes écrits.

AVANT-PROPOS

Les personnes sourdes pensent en termes de concepts et d'images, alors que les entendants pensent en termes de mots. D'autre part, la construction syntaxique des phrases est différente du français oral.

Toutefois, afin de faciliter la lecture du roman, j'ai délibérément choisi de ne pas respecter à la lettre ces particularités.

J'ai voulu que cette histoire d'amitié entre une jeune fille et un gorille soit une pierre de plus au respect des différences.

Mais aussi qu'elle encourage chacun d'entre nous à prendre conscience des enjeux majeurs qui se jouent actuellement autour de la cause animale.

En effet, après les tigres, les girafes, les lions et les éléphants, soixante pour cent des espèces de primates sont désormais en danger d'extinction.

Les causes sont nombreuses, multipliant les effets dévastateurs sur l'écosystème : agriculture intensive (soja, huile de palme, sucre de canne, riz, viande), exploitation forestière massive, mines, extraction d'hydrocarbures, méga-barrages hydrauliques, réseaux de transports… Commerce illégal d'animaux sauvages, consommation de leur viande, recherche biomédicale, approvisionnement de certains zoos, vente en tant qu'animaux de compagnie, utilisation de parties de leur corps comme trophées… Les exemples ne manquent malheureusement pas.

Il y a urgence.

Si rien n'est fait, dans quelques années, à l'image des orangs-outans de Bornéo et de Sumatra, ou des gibbons de Hainan (Chine), les grands singes écriront les dernières pages de leur passage sur la planète.

CHAPITRE A

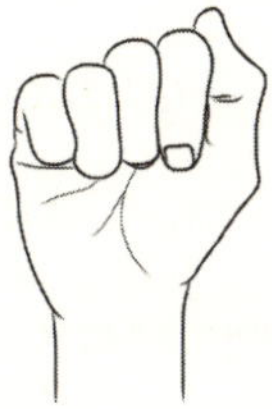

Mai 2001.

Parc national des Virunga, Afrique centrale.

La petite équipe de gardes forestiers avance à pas feutrés dans la forêt tropicale située au carrefour du Rwanda, du Congo et de l'Ouganda.

Ici, sur les flancs du mont Mikeno, volcan éteint qui culmine à plus de 4 400 mètres, vivent les six cents derniers spécimens de gorilles des montagnes. L'une des nombreuses espèces animales classées en « danger critique », soit la dernière étape avant leur extinction à l'état sauvage.

Musimbwa est l'un de ces hommes qui vouent leur existence à la sauvegarde des gorilles.

Alors que le soleil commence tout juste à caresser les feuillages, le jeune gardien observe avec attention les alentours.

– Une belle journée qui s'annonce, se réjouit-il en humant les fragrances végétales que diffuse l'humidité du matin.

Les débris de tiges et de feuilles d'orties qui jonchent le sol montrent que le clan de Matawi a séjourné récemment dans le secteur.

Matawi est ce que l'on appelle un « Silverback », un dos-argenté. Un mâle dont le dos a pris une couleur grisâtre du fait de son statut : il est en effet le chef d'un harem comprenant quatre femelles, auquel il faut ajouter leurs petits. Le tout complété par un jeune mâle, orphelin, que Matawi a pris sous son aile.

Musimbwa a une affection toute particulière pour ce groupe. Il les suit depuis plus d'un an, et il a tissé des liens avec chacun des membres.

Certes, cela fut délicat de se faire accepter. Mais, petit à petit, les gorilles se sont habitués à lui. Et ils ont fini par ne plus s'inquiéter de la présence d'un humain auprès d'eux. Il est même arrivé que Djomaé, l'une des femelles, s'approche pour le toucher du bout des doigts.

Musimbwa sourit en pensant à sa première rencontre avec le dos-argenté.

Alors qu'il suivait le clan, et qu'il s'était arrêté à une vingtaine de mètres pour observer les gorilles, il n'avait pas vu Matawi s'approcher.

C'est lorsqu'il avait entendu un grognement dans son dos qu'il avait compris que le chef du groupe se trouvait à ses côtés.

Musimbwa avait senti la décharge électrique de l'adrénaline parcourir l'ensemble de son corps.

Puis la chaleur de son urine s'écoulant le long de ses cuisses.

Terrifié, il avait penché la tête sur le côté en signe de soumission, afin que l'impressionnant Silverback ne pense pas qu'il s'opposait à lui.

« Surtout ne pas s'enfuir, s'était-il répété plusieurs fois. Surtout ne pas s'enfuir. »

Matawi aurait alors pensé que cet homme était venu là en ennemi, et il l'aurait rattrapé et massacré à coups de poing.

Le jeune homme, quelques dizaines de mètres en avant de ses trois compagnons, ne tarde pas à trouver les nids dans lesquels les gorilles ont passé la nuit. Conçus à même le sol, ceux-ci ne servent qu'une seule fois et Musimbwa sait qu'il trouvera les couchages de la journée suivante à au moins plusieurs centaines de mètres de là. Le garde forestier connaît parfaitement les habitudes des gorilles. Au point de s'inquiéter de ce qu'il découvre soudain.

– Venez par là ! lance-t-il aux autres gardes.

Les yeux fixés sur les traces de diarrhée qui s'étalent sur le sol, Musimbwa sait que quelque chose ne va pas. Les gorilles ont eu peur. Très peur. Leurs excréments liquides ne trompent pas.

Alors, il accélère le pas.

Les arbres sont déracinés sur plusieurs dizaines de mètres. Signe que Matawi a cherché à défendre son clan contre un grand danger en les projetant sur ses poursuivants.

Lorsque le jeune gardien découvre des traces de sang, il sort aussitôt son arme et se met à courir.

Quand les trois compagnons de Musimbwa le rejoignent, celui-ci est prostré, les genoux enfoncés dans la terre humide, une large tache de vomi maculant sa chemise.

Avec le même dégoût, les trois gardes découvrent à leur tour l'horrible spectacle : Matawi et les siens ont été massacrés par des braconniers.

– Il en manque un ! s'exclame soudain Egbeble, en essuyant d'un revers de manche les larmes qui emplissent ses yeux. Une des petites femelles. Mibwaté, je pense.

⁂

Six ans plus tard

⁂

CHAPITRE B

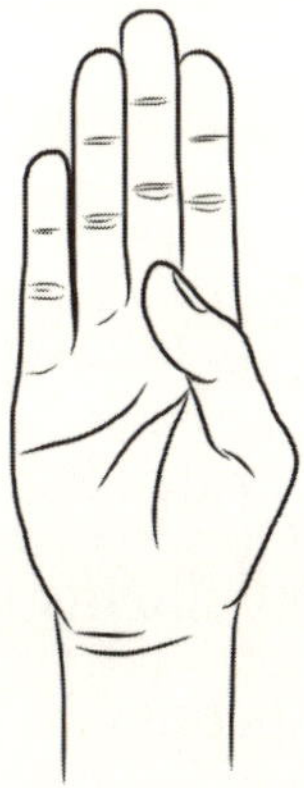

Argelès-Gazost, Hautes-Pyrénées. Petite commune située à quelques kilomètres de Lourdes, et au pied du col de Tramassel d'où s'élancent les pistes de ski du domaine du Hautacam.

En cette première semaine des vacances de Pâques, Louise, son petit frère et ses parents, débarquent au cœur de l'écrin de verdure encerclé de montagnes.

Nous sommes à la mi-avril 2007 et la lueur du soleil levant éclate derrière les sommets majestueux ciselant le ciel.

Comme à chaque fois, en un rituel immuable, le père de Louise prend la direction de la place du Foirail afin d'acheter la traditionnelle tourte aux myrtilles.

– Je viens avec toi ! hurle Jules, âgé de six ans.

Près du jeune garçon, Louise, qui vient tout juste d'avoir quinze ans, a dormi profondément jusqu'à ce que la voiture ralentisse sur le parking.

Les yeux tout embrumés, encore engourdie de sommeil, elle inspire longuement puis, tandis que l'air ressort lentement de sa poitrine, elle observe son petit frère qui s'agite à son côté. Ses longs cheveux blonds en bataille et des poches gonflées sous ses grands yeux bleus montrent qu'il n'a, lui non plus, certainement pas vu grand-chose du voyage.

Louise sourit. Quel bonheur que d'être ici avec sa famille.

– Moi, je vais en prendre une au chocolat, parce que j'aime pas les myrtilles ! lance le jeune garçon en claquant la portière derrière lui, avant de rejoindre son père en sautillant de joie.

Quelques minutes plus tard, lorsque les deux hommes de la maison reviennent à la voiture, Jules a les bras croisés et la tête des mauvais jours.

Sans dire un mot, il se laisse tomber au fond de son siège et enclenche sa ceinture d'un geste sec.

Puis, les lèvres toujours serrées, il croise de nouveau les bras et baisse la tête en fronçant les sourcils.

– Il n'y avait plus de tourte au chocolat, c'est ça ? en conclut Myriam, la mère du garçon, tout en rassemblant ses longs cheveux blonds avec un élastique.

– Plus une seule ! acquiesce son mari. Ils ont été dévalisés par un car de touristes.

– Les touristes sont des cons ! grogne aussitôt le jeune garçon.

– JUUULLLES !!! s'étouffe la jeune femme.

Myriam sermonne alors longuement son fils, tandis que la voiture serpente dans les petites rues de la ville.

De grosses larmes perlent au bout des longs cils de Jules, et il essuie des doigts la morve qui s'écoule de ses narines. Un long fil gluant s'emmêle entre ses phalanges, et il adresse alors à sa sœur un coup d'œil émerveillé, comme s'il venait de faire la plus étonnante des découvertes.

– Espèce de gros dégoûtant ! lui renvoie celle-ci par signes.

Louise est malentendante et communique souvent ainsi avec sa famille. Tous ensemble, grâce à un ami de son père, ils ont appris la langue des signes bien avant que celle-ci ne soit officiellement reconnue[1]. Et même si parfois son petit frère fait semblant de ne pas comprendre, il la maîtrise déjà très convenablement.

Celui-ci, ravi de constater l'effet produit sur sa sœur, en rajoute en enrubannant ses phalanges, à la manière des

1. La langue des signes a été légalisée en 2005, ne se développant jusqu'alors que de manière clandestine.

vendeurs ambulants de barbe à papa qu'il observe chaque fois avec gourmandise.

Une fois sa création artistique achevée, il la soulève au-dessus de sa tête et, après avoir adressé un large sourire provocateur à sa sœur, il ouvre grande la bouche pour l'engloutir.

– JUUULLLES ! s'étrangle sa mère, faisant sursauter le jeune garçon dont les cheveux et les sourcils se lardent aussitôt de mucosités visqueuses.

*
**

La voiture familiale enjambe le pont sous lequel s'écoule paisiblement le gave d'Azun puis, après être entrée dans Lau-Balagnas, elle s'engouffre dans une ruelle longeant la petite église Saint-Laurent.

La route prend rapidement de la hauteur et rejoint le village de Saint-Savin. Au passage, Louise vérifie que la petite échoppe du bouquiniste est toujours bien en place, son regard fixant la devanture jusqu'à ce que le véhicule quitte l'artère principale.

Sur l'un des sommets alentour se trouve « Isaby », la maison de vacances que Louise et sa famille ont l'habitude d'occuper chaque année.

Il s'agit d'une ancienne demeure héritée d'un oncle de son père et, comme à chaque fois, la jeune fille est émerveillée par la beauté du paysage se détachant à l'arrière de la bâtisse médiévale.

Qu'elle a hâte de pouvoir s'allonger dans l'herbe soyeuse afin de contempler les nuages ! Peut-être y découvrira-t-elle de nouvelles formes d'animaux ? Elle ne manquera pas alors d'en reproduire les silhouettes cotonneuses dans son cahier à dessin.

De son côté, Jules se demande si la grosse fourmilière est toujours là, près du vieil arbre aux allures de squelette, et si sa mère a bien pensé à acheter du fromage dont il déposera la croûte, qu'il accompagnera même de bouts de gras de jambon !

« Au pire, cela ne sera pas très grave, se rassure-t-il. *Les fourmis, ça dévore tout… Même les crottes de nez. Et au moins leurs mères à elles ne leur disent rien… »*

– Eh bien, je suis content de constater que tout le monde est heureux de retrouver notre petit paradis ! lance le père, en observant les sourires sur le visage de ses enfants.

Jean, âgé de trente-huit ans, est un solide gaillard, comme ils disent dans la région.

Il faut dire qu'avec ses cheveux bruns coupés en brosse, son visage buriné et ses quatre-vingt-quinze kilos de muscles, il en impose un peu.

Passionné de montagne depuis son plus jeune âge, il aime partir pour de longues heures de course à pied sur les sommets pyrénéens. Il espère d'ailleurs que dans quelques années Jules partagera sa passion pour le trail et qu'il pourra l'initier sur de petites sorties. Ce sera alors une occasion formidable de vivre des moments privilégiés avec son fils. Comme il aurait aimé en connaître lui-même avec son propre père.

Tout en stoppant le véhicule, Jean envisage les sommets qu'il arpentera dès le lendemain matin.

– On ne se lasse pas de cette vue incroyable ! s'extasie Myriam en désignant les pics qui se dessinent à l'horizon. Comment ne pas être sensible à une telle beauté ?

Elle accompagne sa réflexion de signes adressés à ses enfants.

– C'est magnifique, n'est-ce pas ? insiste-t-elle, Louise lui renvoyant aussitôt un grand sourire rempli de bonheur.

« Si ça se trouve, les fourmis, pense Jules tout à ses rêveries et les yeux rivés sur le profil de son père qui se reflète dans le rétroviseur, *elles mangent même les poils d'oreilles… »*

Moins d'un quart d'heure plus tard, la famille est à peine arrivée que les volets sont grands ouverts et que chacun est à pied d'œuvre.

Tandis que les parents rangent les affaires dans la maison et que Jules court dans le jardin à la recherche d'insectes inconnus, Louise, tout en effectuant quelques pas de danse, termine de faire son lit.

Une fois tous ses vêtements bien disposés sur les étagères, le visage radieux, elle saisit son cahier à dessin et un crayon à pointe fine, avant de filer en direction du champ surplombant la propriété. Là, assise sur un rocher émergeant au milieu de la végétation, elle commence à croquer le havre de paix où ils vont passer leurs vacances une nouvelle fois.

– Salut ! lui lance un jeune homme qui descend vers elle en sifflotant.

N'obtenant pas de réponse, Marc, qui vient d'avoir dix-sept ans, se rapproche de la jeune fille qui lui tourne le dos.

Vêtu d'une épaisse parka kaki et d'un pantalon de toile, il est équipé de robustes chaussures de randonnée. Celles-ci, grâce à leur coque renforcée, lui permettent de s'aventurer sans dommages au milieu des pierriers les plus instables. Pendu à son épaule, un sac à dos acheté dans un surplus militaire contient tout l'équipement nécessaire à la recherche des cristaux : marteau, burin, pointerolle, et autres papiers d'emballage.

Marc, les cheveux bruns et raides comme des baguettes, n'est pas très grand. Mais il jouit d'une résistance exceptionnelle qui lui permet de redescendre jusqu'à vingt kilos de roches sur des kilomètres de sentiers escarpés.

– Eh bé, tu as l'air vachement captivée par ce que tu lis ! reprend-il en poursuivant son approche.

Il tape alors sur l'épaule de Louise.

Le contact crée aussitôt un véritable électrochoc sur la jeune fille qui, surprise, bondit du petit roc et se retourne en cachant sa bouche avec ses mains.

– Tu es en vacances ? demande Marc à plusieurs reprises, sans obtenir la moindre réponse. Euh… *You're english ?* Euh… *Do you speak english ? You're in…* euh, comment on dit déjà ?… euh… *in holidays ?*

Louise lève la tête vers le second garçon qui descend vers eux puis, tel un animal effrayé, elle s'enfuit en courant vers la maison.

– Eh bien dis donc, lance Marc à son frère Jérôme, âgé tout comme Louise d'une quinzaine d'années. Tu as vu comment tu l'as fait détaler ? Je ne te pensais pas moche à ce point-là ! Haha !

Son frère ne réagissant pas, Marc enchaîne aussitôt.

– Hou-hou ! Je te parle !

– Hein ? s'exclame le jeune garçon. Quoi ?

Jérôme, bien qu'ayant deux ans de moins, est plus grand que son frère. Mais beaucoup moins musclé. Les yeux couleur noisette et les cheveux châtains, il a les traits du visage particulièrement fins et le teint naturellement hâlé.

Équipé également pour aller chercher les cailloux sur les sommets des Aiguillous, il est vêtu d'un vieux jean délavé et d'une veste polaire mauve élimée. Cela n'est certes pas à son avantage, mais il était censé crapahuter dans la poussière. Pas réaliser une rencontre aussi troublante.

– Ohhhhh, toi, on dirait bien que tu n'as pas été insensible au charme de la demoiselle ! commente Marc.

– Quoi ? murmure Jérôme, en essayant de masquer son trouble.

– Je dois reconnaître qu'elle est très jolie. Tu as vu ses grands yeux verts ? De véritables émeraudes ! Bon, elle est un peu trop jeune pour moi, mais… pas pour tout le monde, hein ? Héhé !

Sans relever la remarque de son frère, Jérôme ramasse le cahier tombé au sol et admire le paysage croqué par Louise.

– Tu as vu ça ? s'enthousiasme-t-il en feuilletant les pages. C'est magnifique !

– Mouais, acquiesce Marc, en jetant vaguement un œil. Moi, tu sais, les dessins… Tu n'as qu'à le poser sur le rocher. Elle reviendra bien le chercher. D'ailleurs, si on avait le temps, il suffirait de rester un peu, bien cachés, pour la surprendre de nouveau. Les filles, c'est comme les canards. Si tu les appâtes avec le bon grain, elles…

– Arrête ! coupe Jérôme. J'aime pas quand tu parles comme ça.

– Ouh ! là, là ! pardon ! C'est vrai que Monsieur est un gentleman ! Bon, c'est pas tout ça, mais je te signale qu'il faut qu'on file au village. On est déjà en retard et les gars ne vont pas nous attendre éternellement. Laisse ce truc par terre et on s'en va !

Jérôme tourne alors la tête vers la demeure où s'est réfugiée la jeune fille.

– Elle tient certainement beaucoup à ce cahier, dit-il.

– Oui, eh bien, elle le retrouvera tout à l'heure !

– Quelqu'un d'autre pourrait passer et lui voler.

– Voler ça ? Tu plaisantes ! Et d'abord, à part les chiens du vieux José, qui veux-tu qui passe par ici ?

– Justement, insiste Jérôme, les yeux fixés sur la maison, et ravi de pouvoir rebondir sur cet argument. Ils pourraient jouer avec et le mettre en pièces.

– Les chiens de José ? Haha ! Mais il y a longtemps qu'ils n'ont pas plus de dents que lui ! Pff, ne me dis pas que tu veux aller lui rapporter ses gribouillis ?… Non, mais je rêve… C'est qu'il aurait vraiment eu un coup de foudre, le frérot !

– Arrête ! C'est juste que c'est de notre faute si elle l'a égaré. Alors, on… on pourrait lui déposer vite fait et…

– Haha, j'en étais sûr !

– J'en ai pour deux minutes ! assure Jérôme, en s'élançant vers « Isaby ». D'ailleurs, je te parie que je serai rendu au village avant toi !

– C'est ça ! réplique Marc en accélérant le pas à son tour dans l'autre direction. *« Juste lui déposer vite fait ! »* Haha !

Tandis que Marc rejoint le petit sentier coupant à travers bois, Jérôme dévale la pente à grandes enjambées vers la maison de Louise.

Tout en courant, il fait ses calculs : le temps de déposer le cahier, il enchaînera aussitôt vers le raccourci serpentant à flanc de colline. Un peu pierreux, certes… Mais en faisant vite, il devrait pouvoir arriver au village à peu près en même temps que son frère.

À moins, évidemment, qu'il n'ait l'opportunité d'échanger quelques mots avec l'ensorcelante jeune fille… Après tout, ses amis ne lui en voudront pas pour cinq petites minutes de retard. Dix au maximum…

Contre toute attente, ce n'est pas la belle demoiselle qui vient ouvrir lorsque Jérôme frappe à la porte.

– Bonjour, lui adresse l'ombre immense qui apparaît sur le seuil. Vous désirez ?

– Euh, c'est-à-dire que… balbutie le jeune garçon qui n'avait pas envisagé ce cas de figure. En fait, je… je viens rapporter un cahier qu'a perdu une certaine Louise, si j'en crois la signature de ses dessins. Elle habite bien ici, non ?

– Faites voir, répond le père, en lissant sa fine moustache en forme de guidon de vélo.

– Je l'ai trouvé dans le champ, juste au-dessus.

Jean feuillette quelques pages en souriant.

– Comment vous appelez-vous ? demande-t-il, tout en contemplant les croquis de sa fille.

– Euh, Jé… Jérôme.

– Eh bien, un grand merci à vous, Jérôme, répond Jean en refermant le livret. Louise y tient beaucoup ! Elle va être ravie que vous l'ayez rapporté.

Jean détaille alors le jeune homme de la tête aux pieds.

– Je ne vous ai jamais vu par ici. Vous êtes en vacances dans la région ?

– Pas du tout. En fait, cela fait maintenant près de huit mois que nous nous sommes installés dans l'ancienne ferme des Cabrets, à dix minutes d'ici.

– Mais, je connais très bien ! réagit Jean, en triturant sa moustache. Cela fait des années que cette vieille bâtisse était à l'abandon. C'est une très bonne chose que quelqu'un l'ait enfin reprise ! Cela me faisait de la peine de la voir tomber en ruine.

– Qui est-ce ? demande Myriam, en apparaissant derrière lui, avant de poser affectueusement la main sur son épaule.

– C'est Jérôme, un jeune homme qui a trouvé le cahier à dessin égaré par Louise, répond Jean, avant de chantonner. « *Oui, Jérôme, c'est moi, non je n'ai pas changé, je suis toujours celui qui t'a aimé*[2]... »

Myriam lève les yeux au ciel.

– Ne faites pas attention, explique-t-elle. J'ai un mari... comment dire... quelque peu fantasque !

– Fantastique, tu veux dire ! enchaîne Jean, avant de lisser de nouveau sa moustache et de poursuivre les présentations. Ce jeune homme habite la ferme des Cabrets. Tu sais, là où nous allions acheter le lait frais avec oncle Albert.

– Vous venez souvent dans le coin ? s'étonne Jérôme.

2. Paroles d'une chanson des années 1970, de C. Jérôme.

– Depuis que je suis tout petit, deux à trois fois par an, répond Jean. Enfin, d'habitude… L'année passée, nous avons fait pas mal de travaux dans notre propriété, et notre dernière visite remonte donc à février 2006. Un an, un mois et quatorze jours exactement. Je peux vous dire que j'ai attendu ce moment avec impatience !

– Ça, ce n'est rien de le dire ! souffle Myriam. Il était plus que temps qu'il retrouve ses montagnes ! Pour le bien de tout le monde… Mais, entrez donc. Louise va être folle de joie que vous ayez retrouvé ses croquis.

– Euh, c'est-à-dire que je suis attendu au village et je crains d'être déjà pas mal en retard pour…

– J'en ai attrapé une ! annonce triomphalement Jules en déboulant en trombe du jardin, manquant de renverser Jérôme au passage.

– Une quoi ? s'étonne son père.

– Une… pff, pff… Une mente… pff, pff… une « ment-reli » ! parvient à peine à répondre l'enfant, tout essoufflé, en fonçant vers sa chambre.

– Une quoi ?

– Une « mentreli joueuse » !

– Une mentreli-quoi… ? réfléchit son père à voix haute. Aaaahhh ! Tu veux dire une mante religieuse !

– C'est ce que j'ai dit ! réplique Jules, en éjectant ses bottes l'une après l'autre d'un fouetté de jambe.

– Je croyais que tu cherchais des scarabées ?

– Les scarabées sont des… tranche aussitôt l'enfant en claquant la porte de sa chambre, le bruit sourd couvrant la fin de sa phrase.

– JUUULLLES ! s'époumone alors sa mère en levant les bras au ciel.

*
**

Cachée derrière le rideau brodé de sa chambre, Louise observe l'intrus qui s'éloigne en se retournant de temps à autre vers la maison.

Qu'est donc venu faire ce garçon jusque chez elle ?

Pourquoi l'a-t-il suivie ?

Que lui voulait-il ?

De toute évidence, quelque chose de mauvais puisque la présence de ses parents l'a effrayé au point qu'il s'enfuit en courant.

Louise se met alors à trembler de tout son être, rattrapée par des angoisses qu'elle croyait endormies.

*
**

Le soir venu, le père de Louise s'est installé dans le vieux canapé au cuir craquelé.

Puis, à la faveur d'une chaleureuse flambée crépitant dans l'âtre de la cheminée, il a entamé la lecture d'un nouveau roman choisi dans la bibliothèque de son oncle.

Alors qu'il est plongé dans l'histoire, Louise s'approche à pas feutrés, avant de se poster derrière lui et de l'enlacer affectueusement.

Jean pose alors tendrement la main sur le bras de sa fille.

Celle-ci, après lui avoir déposé un baiser sur la joue, contourne le canapé et s'assied sur le rebord de la cheminée.

Marquée par la rencontre des deux garçons, elle a ressassé l'événement pendant des heures.

– Papa, dit-elle en langue des signes, tandis que l'ombre des flammes danse sur elle. Il faut que je te parle.

Jean pose son livre sur ses genoux et retire ses petites lunettes rondes reflétant les bûches enflammées.

– Qu'arrive-t-il à ma princesse ? Rien de grave, j'espère ? signe-t-il à son tour en dévisageant la jeune fille.

Louise sent alors ses yeux se remplir de larmes.

Chose inhabituelle chez la jeune fille, d'ordinaire pétillante et pleine d'entrain.

– Maman et toi, vous m'avez toujours apporté votre amour et je vous en remercie.

La jeune fille prend une grande inspiration, puis souffle lentement afin de tenter de colmater le barrage de ses émotions qui fuit de toutes parts.

– Tu m'inquiètes, ma chérie, répond son père en s'avançant sur le bord du canapé. Ce n'est pas dans tes habitudes d'être morose.

– C'est juste que… C'est juste que je ne sais pas si un jour je trouverai ma place, car… car…

– Comment ça ? Qu'est-ce que tu racontes ? C'est quoi, le problème ? Quelqu'un s'est moqué de toi ?

– Non, ce n'est pas ça. Ça, j'en ai l'habitude. Même si ça fait toujours aussi mal d'avoir tous ces regards braqués sur moi. Comme si j'avais fait quelque chose de mal. Je vois bien les gens qui parlent entre eux quand ils remarquent que je suis malentendante et que je m'exprime avec difficulté. Mais bon, j'ai appris à passer outre… Non, c'est autre chose. Et je ne sais pas comment te l'expliquer car tu n'es pas sourd. C'est comme si tu étais libre, alors que moi je suis emprisonnée.

– Emprisonnée ?

Louise essuie ses larmes avant de poursuivre.

– Papa, quand tu étais petit, tu n'as jamais eu peur de te retrouver enfermé dans un endroit où personne ne viendrait te chercher ?

Jean lève les sourcils et, tout en faisant une moue interrogative avec sa bouche, il hausse les épaules en faisant signe qu'il ne s'en souvient pas.

– Moi, j'ai souvent cette impression. Je me sens comme enfermée dans une sorte de cave creusée profondément sous la terre. Papa, le monde autour de moi est une grande cave. Et je me demande tout le temps ce qui va bien pouvoir surgir de la pénombre… Quand j'étais petite, j'avais le sentiment que seul mon être était éclairé au milieu de cette immensité sombre. Et tout, autour de moi, me faisait horriblement peur. Au fil des années, en découvrant ce qui m'entourait, le halo de lumière s'est agrandi. Du coup, certes, j'y vois plus clair. Mais la cave me paraît toujours aussi grande. Ce qui me fait peur s'est juste un peu éloigné.

– Mais tu sais que tu peux compter sur nous… fait remarquer Jean, tandis que les larmes commencent à poindre également au coin de ses yeux.

– Oui, mon p'tit papa. Heureusement ! D'ailleurs, si tu savais comme je vous remercie de ne m'avoir jamais laissée seule à la maison quand j'étais petite. Vous n'imaginez pas à quel point, quand on est sourd, on peut se sentir complètement démuni… Tu sais, bien que je sois grande maintenant, dès que je ne vous vois plus, quand vous êtes par exemple à un autre endroit de la maison, je suis parfois encore submergée par l'angoisse. Je ne vois plus que cette grande cave où n'importe quoi peut surgir sans que je l'entende arriver. Sans que je puisse appeler au secours… Parfois, ça manque même de m'étouffer. Un peu comme quand on est au fond de la mer et qu'on retient sa respiration en regardant l'obscurité autour de soi.

– C'est vrai que tu as toujours eu peur du noir et que tu dors encore avec la lumière allumée. Mais je ne pensais pas que cela t'effrayait à ce point.

– Une grande cave sombre, c'est impressionnant. S'il y a le noir total, c'est juste insupportable.

– Pourquoi ne nous l'as-tu jamais dit ?

– J'ai longtemps pensé que c'était normal. Que tout le monde ressentait cela. Et puis, je ne voulais pas vous ennuyer avec ça.

Louise prend une grande inspiration.

– Mais, 'e uis 'ourde, 'apa. 'est là 'oute la di'é'ence.

La jeune fille ferme les yeux et se met à sangloter.

– Ma pauvre chérie, murmure Jean, dont les larmes s'étirent désormais le long des joues.

Il prend sa fille dans ses bras et la serre fort contre lui, comme pour l'entourer du cocon protecteur de son amour.

CHAPITRE C

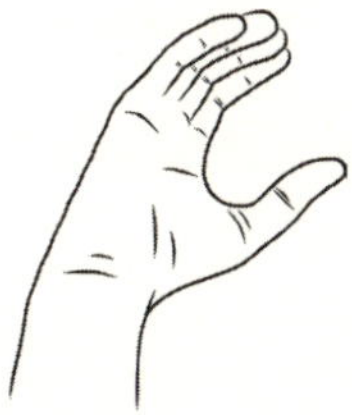

Louise a très mal dormi.

Tout comme son petit frère qui n'a pas cessé de s'agiter dans son lit, revivant en rêve les exploits de la journée passée.

– *Peut-être est-ce dû à la pleine lune ?* se dit-elle.

À moins que ce ne soit la discussion avec son père, au sujet de toutes ces peurs qui sommeillent en elle.

Louise jette un œil entre les lames de bois écaillées des vieux volets. La rosée scintille sur l'herbe rase et la journée s'annonce magnifique. Alors, au diable les idées chagrines !

Lorsqu'elle arrive en chemise de nuit dans la salle à manger, en tournoyant avec grâce telle une danseuse étoile, Louise ne voit pas tout de suite qu'il y a un invité attablé avec ses parents.

C'est en écartant ses longs cheveux détachés qu'elle se rend compte que tout le monde la regarde.

Après avoir marqué un léger temps d'arrêt, Louise fait part de sa surprise par un signe bref adressé à ses parents, avant de saisir sur le portemanteau un vieux gilet aux mailles épaisses.

– Je te présente Jérôme, explique Jean. C'est le jeune homme qui t'a rapporté ton cahier hier. Nous nous sommes croisés tout à l'heure au-dessus d'Uz. Jérôme pratique la course en montagne, lui aussi ! Du coup, nous avons fait un bout de chemin ensemble et, comme le parcours nous ramenait près de la maison, je l'ai invité à s'arrêter boire un verre.

Louise ne répond rien.

Elle a pourtant parfaitement compris ce que lui a dit son père, en lisant sur ses lèvres. Une règle qu'ils ont établie ensemble. En effet, lorsqu'il y a quelqu'un d'étranger à la famille, ils n'utilisent pas la langue des signes. Pour que la personne n'ait pas le sentiment que l'on dit des choses en secret à son sujet. Et aussi parce que Louise n'aime pas que l'on marque sa différence.

Mais, si lire sur les lèvres est une chose, pouvoir répondre sans la langue des signes en est une autre.

Il est difficile de parler sans bien s'entendre, et les bribes de mots qui sortent alors de la bouche de Louise sont parfois perçues comme le signe d'un manque d'intelligence. À plusieurs reprises, ne l'a-t-on d'ailleurs pas traitée de débile en raison de son élocution ?

Aussi, déjà gênée par son arrivée en chemise de nuit, Louise ne veut pas en rajouter et elle préfère se limiter à un petit signe de tête qu'elle accompagne d'un sourire crispé.

Le silence qui plane dans la pièce indispose de plus en plus Jérôme qui, ne trouvant pas d'autre échappatoire, explique maladroitement qu'il est temps qu'il rentre chez lui pour aider son père à nourrir les animaux.

En quelques secondes, le temps de remercier ses hôtes, Jérôme sort de la bâtisse et s'apprête à reprendre sa course en direction de la ferme des Cabrets, lorsqu'il est rattrapé par Jean.

– Jérôme, il faut que je t'explique quelque chose. Ne crois pas que Louise ait le moindre grief contre toi. C'est juste qu'elle… Écoute… Il faut que tu saches que Louise est malentendante. Presque sourde, pour être exact.

Sous le choc, Jérôme ne sait pas quoi répondre. La jeune fille qui lui plaît tant, celle qui l'a subjugué au premier regard, celle qui fait de si jolis dessins, est sourde. Handicapée, quoi… Un mot qui le terrifie. Une peur absurde, Jérôme en a conscience. Mais c'est plus fort que lui… Comme si cela pouvait porter malheur ou que c'était contagieux.

– Je… je suis désolé… s'entend-il répondre d'une petite voix balbutiante.

– Ne le sois pas ! Louise a besoin de tout, sauf qu'on la plaigne. C'est une jeune fille pleine de vie et elle ne supporte pas ça. Tu sais, lorsqu'ils découvrent sa différence, beaucoup de jeunes de votre âge se détournent d'elle. C'est pourquoi elle peut paraître un peu sauvage parfois. Pourtant, s'ils prenaient le temps de la connaître, ils seraient sacrément surpris. Et je ne dis pas cela parce que c'est ma fille !

– Je… je reviendrai la voir, répond Jérôme, sans même savoir pourquoi il affirme cela. Je… je vous le promets.

– Tu n'as rien à promettre et je ne te demande rien. Ou plutôt si. Juste une chose. Si jamais, effectivement, tu reviens un jour, c'est parce que tu auras vraiment envie de la connaître. Pas parce que tu as pitié d'elle et que tu lui rends visite comme si elle était malade. Je préfère d'ailleurs te prévenir tout de suite : Louise a comme un sixième sens et il est impossible de lui cacher quoi que ce soit. Elle ne te pardonnerait pas que tu viennes à elle comme pour faire une bonne action.

Jérôme acquiesce d'un hochement de tête avant de s'éloigner en courant.

Lorsque Jean revient dans la maison, Louise l'interpelle vigoureusement en langue des signes.

– Pourquoi l'as-tu fait venir ici ? dit-elle, la colère se lisant sur son visage.

– Je suis chez moi, non ? J'ai encore le droit d'y faire ce que je veux, jusqu'à preuve du contraire ! Et puis, je suis sûr que c'est un bon garçon. Et qu'il avait envie de te revoir.

– C'est lui qui t'a dit ça ?

– Oh, ce n'est pas nécessaire ! Ce sont des choses qui se ressentent. Moi aussi, j'ai été jeune, figure-toi !

– Tu dis n'importe quoi !

– Ça se voit dans ses yeux.

Louise réfléchit quelques instants.

– Tu lui as dit, n'est-ce pas ? demande-t-elle, contrariée.

– Autant qu'il le sache dès le départ.

– Dès le départ de quoi ?

– Dès le départ…

Louise marque de nouveau un temps d'arrêt.

– Et il t'a répondu quoi ?

– Rien.

– Tu mens ! Il a dû dire un truc du genre : « Oh, quel dommage. La pauvre… » Comme tous les autres.

– Il reviendra. Tu verras.

Lorsqu'elle referme la porte de sa chambre, et qu'elle s'adosse à son encadrement, la jeune fille se remémore encore les dernières paroles de son père : Jérôme veut la revoir.

– Pourquoi tu souris comme ça ? demande Jules, qui vient de se réveiller. Tu as fait une bêtise ?

CHAPITRE D

Mercredi. Matinée de marché à Argelès-Gazost.

Cela fait trois jours que Louise n'a pas revu Jérôme. Une éternité.

Sans être capable de dire pourquoi, Louise pense à lui à longueur de journée. Quoi qu'elle fasse, elle jette toujours un œil vers la petite forêt surplombant « Isaby », espérant y voir surgir le jeune garçon.

Mais, contrairement à ce que lui avait assuré son père, Jérôme n'est jamais venu. Comme elle le redoutait.

Alors, qu'il aille au diable ! Après tout, tant pis pour lui s'il n'est pas capable de voir qui elle est vraiment, au-delà des apparences ! Il ne sait pas ce qu'il perd !

L'espoir a fini par laisser place à la colère.

Ce matin, il y a peu de chances qu'ils se croisent en ville mais, au cas où, elle doit être prête. Elle doit être la plus jolie de toute la région afin qu'il regrette de ne pas s'être intéressé à elle. Parce que, même s'il la supplie, elle n'acceptera plus jamais de le revoir.

– Bon, t'es prête ? revient vérifier Jules pour la troisième fois. Tu vas à un mariage ou quoi ? Avec Jérôme, peut-être ? Krr-krr-krr…

– Occupe-toi de tes affaires ! lui signe rageusement Louise, avant de se pincer le nez. C'est sûr que ce n'est pas toi qui uses la salle de bains !

– C'est bon pour les filles, rétorque Jules.

– Eh bien, ça tombe bien : j'en suis une !

Ne sachant pas quoi répondre à cette évidence, Jules lève les yeux au ciel, tandis que son cerveau en ébullition continue de chercher désespérément une réplique cinglante.

– Papa commence à s'énerver dans la voiture, avertit-il fièrement, ravi de pouvoir in extremis reprendre le dessus sur sa sœur.

– Rassure-le, j'arrive tout de suite.

– Vas-y toi-même ! C'est déjà ce que tu m'as dit de lui répondre tout à l'heure. C'est la troisième fois que j'y retourne et, à chaque fois, c'est moi qui me fais rouspéter. Comme si c'était de ma faute !

– Bon ! Alors ? tempête au loin la voix de Jean.

– Ah, tu vois !

– Je n'ai rien entendu, répond Louise avec un petit sourire taquin.

– Pff…

Jules accourt vers la voiture et grimpe à l'arrière.

– Alors ? demande son père, en baissant sur son nez ses petites lunettes rondes fumées. Elle est prête ou quoi ?

– Elle n'arrête pas de se regarder dans le miroir comme ça, mime Jules en ricanant. En plus, elle s'est maquillée !

Krr-krr-krrr. On dirait la tête d'une grenouille quand on met du ketchup dessus ! Hahahaha !

Manquant de s'étouffer de rire, Jules tousse grassement, tandis qu'une bulle se forme à la sortie d'une de ses narines.

– Ne me dis pas que tu fais ça, avertit Myriam en fusillant son fils du regard.

– Hein ? Euh, non… s'étrangle Jules. J'ai dit : *« on dirait… »*

Louise entre à son tour dans le véhicule.

– Ah, tout de même ! lui fait signe Jean, avant de démarrer le moteur. À ce rythme-là, il n'y aura plus rien sur les stands.

– Même plus de ketchup, croit bon d'ajouter Jules en éclatant de rire de nouveau.

Après être descendue par Lau-Balagnas, la famille de Louise rejoint le petit parking ombragé du côté de la rue de l'Yser.

Le temps de récupérer les paniers dans le coffre, les voici arpentant la longue rue pentue du Général-Leclerc, jusqu'à la place de la République. Là, Myriam fait la queue pour réserver quatre parts de paella, tandis que Jean et les enfants poursuivent leur chemin en direction de la librairie-papeterie.

À peine arrivé à l'intérieur du magasin, Jules se dirige d'un pas assuré vers les magazines pour enfants et commence à faire son choix.

– Tu prends tout ça ? s'offusque Louise, en voyant la pile de revues qui se dresse.

– Bé oui, répond Jules sans prendre le temps d'utiliser la langue des signes.

– Papa est d'accord ?

– Bé oui ! Ahhhhh, les magazines sur les animaux !

Les bras déjà chargés, Jules se précipite vers l'autre bout du rayonnage.

– Ouahhh ! s'extasie-t-il en repérant une revue dont la couverture montre l'image agrandie de la tête d'une sauterelle.

– Bon, je te laisse, capitule Louise, en secouant la tête de dépit. Je vais chercher un roman.

Alors que Jules négocie âprement avec son père, abasourdi par la quantité de revues sélectionnées, la jeune fille détaille avec attention les rangées de livres, repérant ici et là des ouvrages qu'elle a déjà lus. Et parfois beaucoup aimés.

Son attention s'arrête sur un titre et elle extirpe le roman de l'étagère.

Alors qu'elle s'apprête à lire la quatrième de couverture, une main tape sur son épaule.

Surprise, elle lâche l'ouvrage, qui tombe à ses pieds.

– Salut, lui dit Jérôme en prenant garde de bien se mettre en face de la jeune fille, afin qu'elle puisse lire aisément sur ses lèvres.

Louise ramasse hâtivement le livre. D'ordinaire, elle n'aurait pas répondu, de peur que l'on ne se moque de ses difficultés d'élocution.

Mais là, sans savoir pourquoi, elle chuchote à son tour en direction du jeune garçon.

– 'alut, dit-elle, son cœur martelant sa poitrine.

– Je suis content de te voir, articule exagérément Jérôme en voulant bien faire.

Ce qui fait sourire Louise.

– Moi au'i, répond-elle.

– Je voulais venir te voir, mais j'ai été très occupé ces jours-ci. On a énormément de travail au parc.

– 'e p… p… pa-rc ?

– Oui, le parc de mon père. Il est vétérinaire et il a monté un parc de protection des animaux, dans la montagne.

– Y-a-des-ma-mottes ?

– Pas du tout ! Ni bouquetins, ni isards, ni marmottes. En fait, ce sont bien des animaux de montagne, mais qu'on a plutôt l'habitude de voir en Afrique. Des gorilles, pour tout te dire.

– 'es go-'illes ? sursaute Louise, qui pense avoir mal compris.

– Oui ! Papa a vécu pas mal d'années au Rwanda, car il fait partie d'un programme de protection de cette espèce en voie de disparition. Après avoir rencontré maman, il s'est installé en France, tout en continuant de passer plusieurs mois par an là-bas. Mais la situation est devenue catastrophique et, au rythme où cela va, avec le braconnage et la déforestation, il n'y aura bientôt plus de gorilles dans les montagnes africaines. C'est comme ça qu'on a atterri dans la région. Grâce à des dons, notamment d'un riche Australien amoureux de la nature, et à l'héritage important qu'il a eu quand mes grands-parents sont décédés, papa a monté une fondation et a en vue toute une zone de la montagne au-dessus de Pierrefitte. Il espère pouvoir l'acheter bientôt. Pour l'instant, nous en avons clos une petite partie afin de nous occuper d'un groupe de gorilles que nous a envoyé le parc du Rwanda. Mais, à plus long terme, papa a le projet de créer un immense sanctuaire sur les sommets où se trouvent les anciennes mines de plomb. Un espace naturel, déjà en partie boisé, où les gorilles pourront vivre en paix.

– Bonjour, Jérôme, surgit le père de Louise, en replaçant sur sa tête sa casquette à carreaux écossais. Content de te voir ! Alors, que deviens-tu ?

Le jeune garçon explique de nouveau ce qu'il vient de révéler à Louise.

Puis il invite toute la famille à passer les voir, son frère et lui, sur leur stand.

– Nous sommes juste en face du fabricant de tourtes. Vous voyez où c'est ?

– Et comment ! réplique Jean, en lissant la pointe de sa moustache. Les fameuses tourtes aux myrtilles ! Et au chocolat… N'est-ce pas, Jules ? Haha !

– Sauf quand il y a les touristes, répond presque machinalement le garçon, assis par terre et occupé à feuilleter ses revues. Parce que les touristes sont des…

– OK, OK… dit Jean, en mettant sa main sur la bouche de son fils.

– Bon, je dois filer ! s'excuse Jérôme, après avoir jeté un œil à sa montre. Marc va se demander ce que je fabrique. Peut-être à tout à l'heure, alors ?

– Oui, nous passerons ! certifie Jean. Myriam ne devrait pas tarder à nous rejoindre. Le temps de passer aux fruits et légumes, et nous ferons un saut jusqu'à vous. D'autant plus que nous devons refaire le stock de tourtes aux myrtilles.

– Et au chocolat ! complète Jules, sans relever le nez de ses magazines.

Une demi-heure plus tard, la petite famille arrive près du stand présentant le projet de parc animalier.

– En tout cas, ça ne se passera pas comme ça, vocifère un homme en s'éloignant. Nous ne vous laisserons pas faire ! Ce sont nos montagnes, pas les vôtres ! Et encore moins celles des macaques !

– Des gorilles, monsieur, réplique ironiquement Marc, tandis que l'individu s'éloigne en râlant. Ce sont des gorilles !

Alors que tout le monde a les yeux rivés sur les deux frères, la famille de Louise vient à leur rencontre.

– C'est quoi, le problème ? demande Myriam, à qui son mari a expliqué le projet lorsqu'ils déambulaient dans les allées du marché.

– Oh, ce n'est rien, répond Marc. Nous sommes habitués. C'est un des frères Vilbert. Une famille de chasseurs de la région qui n'accepte pas que nous envisagions de récupérer la partie des montagnes dans laquelle ils ont leur terrain de jeu. Pourtant, à part eux, très peu de gens s'aventurent sur ce versant escarpé. C'est très en pente et difficilement praticable. Mais les Vilbert y ont leurs habitudes depuis des générations, et ils essaient de retourner la population locale contre nous. Il faut donc que nous expliquions et expliquions encore l'importance de notre projet afin de rallier un maximum de gens à notre cause. Les Argelèsiens, et les Haut-Pyrénéens d'une manière générale, doivent prendre conscience que c'est une chance extraordinaire de pouvoir participer à un tel projet de sauvegarde. Les gorilles de montagne font partie du patrimoine mondial. Ce n'est quand même pas rien !

– Il a profité de l'absence d'adultes pour piquer sa crise, fait remarquer Jean. Courageux, mais pas téméraire !

– Papa et ses deux associés ont un rendez-vous important à la mairie, ce matin. Ils ont beaucoup à faire pour qu'un maximum d'élus se sentent concernés par le problème. Du coup, on gère exceptionnellement le stand tous les deux, explique Jérôme.

– En tout cas, moi, je trouve cela formidable, intervient Myriam.

– Il y a des grosses sauterelles comme ça dans votre zoo d'Afrique ? questionne Jules, en présentant le magazine qui montre la tête d'une sauterelle. Non ?… Ah… De grosses fourmis, alors ? Non ? Mais il y a quoi comme insectes géants ?

– Désolé, Jules, dit Jérôme. Il y a seulement des gorilles.

– Quoi ? Mais c'est nul !

Marc se penche vers le jeune garçon.

– Tu dis ça parce que tu ne les as jamais vus de près.

– Euh… Les… les gorilles ? marmonne Jules, d'un ton inquiet.

– Oui, les gorilles. Si vous voulez, vous pouvez venir les observer cet après-midi. Je suis sûr que papa sera d'accord.

– Non ! panique Jules, en se réfugiant derrière son père. Ils vont nous lancer des noix de coco, et nous éplucher comme des bananes, avant de nous manger tout crus !

– Qu'est-ce que tu racontes ? s'étonne son père. Ça vaut le coup de t'acheter des magazines sur les animaux, tiens…

– Moi, ça me tente bien, dit Myriam.

– Moi au-i !

– Alors, c'est entendu ! se réjouit Jean, en triturant sa moustache.

– On demandera à papa de faire le détour par chez vous et on vous emmènera là-bas, dit Marc. Vous allez voir. Vous allez adorer.

*
**

Deux heures plus tard.

– Eh bien, c'était bien bon, ce petit repas, s'extasie Jean, son verre de café à la main. Et cette tourte est décidément un régal !

– Qu'est-ce que tu deviendrais sans tes tourtes… dit Myriam, occupée à préparer une pâte à tarte, afin d'utiliser les premières rhubarbes de la saison rapportées du marché.

– Il y a une grosse voiture qui arrive ! s'exclame Jules en entrant en trombe dans la maison, des jumelles autour du cou. C'est les gorilliers !

– Les quoi ? demande Myriam.

– Les gorilliers ! Tu sais, ceux qui élèvent les gorilles !

– Tu as quoi, dans la poche arrière de ton pantalon ? demande Myriam.

– Euh, rien… dit Jules, en enfonçant le bout de bois qui dépasse.

– Ah oui ? Eh bien montre-moi donc ce « rien », pour voir.

Après avoir insisté calmement plusieurs fois, Myriam finit par menacer Jules de rester seul à la maison tout l'après-midi.

– C'est du chantage, râle le jeune garçon, en sortant l'objet. Je croyais qu'on était en « mocratie »…

– Un lance-pierre ? s'étonne son père.

– Oui, mais je ne tire pas de cailloux. Juste des glands. Ça ne leur fait pas mal avec tous leurs poils.

– À qui, ça ne fait pas de mal ? interroge Jean, avant d'apercevoir, dans l'axe de la fenêtre, des moutons paissant paisiblement. Oh, toi, tu…

– Non, mais j'ai pas dit que je tire sur eux, hein ! réplique Jules, tout en fronçant les sourcils afin de paraître plus crédible.

– Comment ? sursaute Myriam, en voyant à son tour le troupeau. Tu tires sur ces pauvres bêtes ?

– Non ! s'offusque Jules. J'ai pas dit ça ! J'ai pas dit ça !

– Ne mens pas ! insiste Myriam, en fixant son fils droit dans les yeux.

– Pff, bon… Mais je l'ai fait qu'une fois ! Et en plus, je les ai ratés, alors…

– Mais c'est pas possible, souffle Myriam.

– Donne-moi ce lance-pierre, ordonne Jean. Je ne plaisante pas !

Voyant qu'il vaut mieux obtempérer, Jules se résout à se séparer de son arme.

– J'en ai marre ! râle le jeune garçon, en balançant l'objet sur la table. Vous vous débrouillerez tout seuls quand les gorilles vous éplucheront comme des bananes ! Et moi, ça me fera bien rire, voilà !

– Ouh, mais quel caractère ! s'agace Myriam, tandis que Jules croise les bras et baisse la tête en grognant.

C'est alors que Louise entre à son tour dans la maison.

– Ils sont là, signe-t-elle, avec excitation. Vous êtes prêts ?

– Tu m'as l'air bien pressée ! constate Jean. C'est de revoir Jérôme qui te met dans cet état ?

– C'est juste que j'ai trop hâte de voir les singes ! C'est tout. Qu'est-ce que tu vas imaginer ? !

Louise se tourne vers son frère.

– Tu fais quoi ? demande Louise, en voyant Jules remplir son sac à dos avec des bananes.

– Étant donné que c'est bien égal à certaines personnes que je sois mort, si jamais les gorilles nous courent après, eh bien je leur enverrai des bananes pour les occuper pendant qu'on s'enfuit.

Puis, tout en rejoignant la porte d'entrée, le jeune garçon se racle la gorge pour attirer l'attention de tout le monde sur ce qu'il va dire.

– Mais, juste s'ils nous attaquent toi et moi, lance-t-il en franchissant le seuil. Parce que si c'est d'autres, eh bien ils se débrouilleront tout seuls ! Et là, ils se diront : oh, c'est dommage de ne pas avoir pris de lance-pierre avec nous !

– Gnnnnnnn, soupire Myriam qui se retient de répondre, en malaxant nerveusement la farine et le beurre.

*
**

Myriam et Jean prennent place dans un véhicule à quatre roues motrices, piloté par André, le père de Marc et Jérôme.

Quelques mètres derrière, ses deux fils sont dans un Land Rover conduit par Ladislas, l'un des associés du parc. Louise et son petit frère les y rejoignent, le sourire aux lèvres.

– Trop bien ! signe Jules en direction de sa sœur, qui a pris place entre Jérôme et lui. Comme dans la jungle !

Louise lui répond par un immense sourire, et lui caresse la joue. Jules écarte aussitôt son visage, en fronçant les sourcils. Tout en vérifiant dans le même instant que personne n'a remarqué ce qu'il considère comme un geste indigne d'un viril explorateur.

– Arrêteeuuuuu ! s'agace-t-il de nouveau, lorsque Louise, pour le taquiner, lui passe plusieurs fois la main dans les cheveux.

Plaqué contre la portière, afin d'être le plus éloigné possible de sa sœur, Jules appuie son front contre la vitre et ouvre de grands yeux.

La route serpente pendant quelques minutes, avant de se réduire à une piste caillouteuse s'élevant au cœur de la forêt. Les véhicules avancent lentement pendant une dizaine de minutes, puis s'arrêtent devant un portail en fer forgé, sur lequel sont accrochés plusieurs panneaux d'avertissements et d'interdiction d'entrer.

André descend de sa voiture et va déverrouiller l'énorme cadenas qui retient une chaîne aux épais maillons.

Puis, après être remonté dans le 4 x 4 et avoir franchi l'entrée, il laisse le Land Rover le dépasser et va refermer le portail.

– D'ordinaire, le parc est interdit aux visiteurs, explique-t-il. Il s'agit véritablement d'un sanctuaire dans lequel les gorilles doivent pouvoir jouir d'une vie paisible. Il ne sera d'ailleurs jamais question de l'ouvrir au public.

– Les gorilles ne risquent pas de s'échapper ? demande Myriam, en scrutant avec appréhension l'épaisse végétation qui les surplombe.

– Non, il n'y a aucun risque. Ils sont dans une zone entièrement sécurisée. Elle est, pour l'instant, malheureusement très restreinte. Mais, dans peu de temps j'espère, nous aménagerons un grand territoire de plusieurs kilomètres carrés. De quoi reconstituer des conditions de vie les plus proches possible du milieu naturel dans lequel évoluent habituellement les gorilles de montagne.

– Cela va nécessiter une sacrée quantité de clôtures, non ? s'étonne Jean, en triturant la pointe recourbée de sa moustache.

– Pas tant que ça, explique le père de Jérôme. Près de la moitié du territoire n'en aura pas besoin. Celui-ci sera délimité par la chaîne de montagnes, aménagée de manière à être infranchissable. Les endroits actuellement faciles d'accès seront rendus beaucoup plus abrupts afin que les gorilles ne puissent pas escalader.

– Combien sont-ils ? demande Jean.

– Actuellement, ils sont huit. Il s'agit d'un petit clan, avec à leur tête un Silverback.

– Un Silverback ? questionne Myriam.

– Oui. Un dos-argenté, si vous préférez. Chez les gorilles, le mâle dominant a sa pelure dorsale qui grisonne.

Pendant ce temps-là, dans l'autre voiture, la discussion tourne autour des mêmes interrogations.

Jules interprète pour sa sœur avec la langue des signes.

– Le clan d'origine, explique Ladislas, était composé de sept membres. Nous y avons ajouté Kiko, une femelle âgée de neuf ans. Elle a été récupérée en Bulgarie, en très mauvaise santé, dans un zoo qui la maltraitait. Comme il s'agit d'un gorille des montagnes issu de la même région africaine, on s'est adressé à nous. Au départ, nous étions un peu réticents car nous avions peur que cela ne perturbe l'acclimatation déjà difficile du clan. D'autre part, vu son état, nous avions très peu de chances de pouvoir la sauver. Mais c'était ça ou elle allait être euthanasiée.

– Ça veut dire quoi ? demande Jules en interrompant son interprétation.

– Ça veut dire « tuée », répond Jérôme, à mi-voix, comme si cela pouvait atténuer le sens du mot.

– Oh ! réagit Jules, avant de sentir les larmes lui monter aux yeux.

– Alors, nous l'avons recueillie ici, complète Ladislas. Que pouvions-nous faire d'autre, sinon tenter le coup ?... Bien, nous arrivons. Pensez à ne pas faire de gestes brusques et ne cherchez pas à les toucher à travers les grilles. N'oubliez jamais que ce sont des animaux sauvages.

– On ne va pas être au milieu d'eux ? se réjouit Jules, rassuré. Ils sont dans des cages solides ?

– Pas exactement dans des cages, précise Marc. Ils sont dans un espace à ciel ouvert, même s'il y a quand même des grilles pour qu'ils ne s'échappent pas.

– Comment va la femelle gorille ? signe Louise en direction de Jules, afin que celui-ci pose la question.

– Kiko ? C'est moyen, je dois le reconnaître, répond Jérôme. Elle est très souvent à l'écart, car le clan a du mal à l'accepter. Nous craignons qu'elle ne finisse par déprimer.

– Je la comprends, commente Louise en réponse à l'interprétation de son petit frère. C'est difficile à supporter quand on a du mal à trouver sa place.

– T'inquiète pas, lui signe celui-ci. On lui donnera mes bananes.

CHAPITRE E

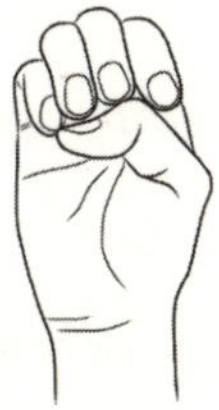

Le lendemain matin.

Louise n'a pas fermé l'œil de la nuit, obnubilée par l'image de la femelle gorille se trouvant à l'écart du groupe. Elle sait ce que c'est que de se sentir à part et cela l'a donc énormément touchée.

Le père de Jérôme doit venir la prendre tout à l'heure afin qu'elle passe la journée entière au parc, et elle compte bien en profiter pour essayer d'apporter du réconfort à Kiko.

Afin de correspondre plus facilement avec Jérôme et l'ensemble des membres du parc, la jeune fille a décidé d'apporter avec elle un petit tableau blanc et des feutres effaçables. Cela lui permettra notamment de demander à son ami s'il serait possible qu'elle s'occupe plus particulièrement de la femelle.

« *Dommage que Kiko ne sache pas lire et écrire,* se dit-elle. *J'aurais pu lui demander ce qui la rend si triste.* »

La jeune fille a également prévu d'emporter son cahier à dessin, afin de réaliser quelques croquis.

Alors que Louise rassemble ses affaires en veillant à faire le moins de bruit possible, Jules soulève sa couette.

– Zut, je ne pensais pas t'avoir réveillé, signe Louise.

– Tu parles ! souffle Jules. Tu fais plus de bruit qu'un éléphant dans un magasin de laine.

– Tu es sûr que c'est ça ? sourit Louise. Normalement, on dit « dans un magasin de porcelaine », non ?

– Ah bon ? Parce qu'un éléphant dans un magasin de laine, ça ne fait pas de bruit, peut-être ? Et puis, je te signale que dans un magasin de porcelaine, des éléphants, ils casseraient tout ! Haha ! Et d'abord, krr-krr-krr, les éléphants, ils boivent pas de thé ! Parce que leur trompe, elle ne rentre pas dans la tasse !

– Et ils mettent des pulls, peut-être ?

– Euh… Eh bé oui ! Mais seulement quand ils ont froid.

Louise fixe son frère pendant quelques secondes.

– OK, finit-elle par capituler. Bon, allez, rendors-toi et…

– Tu rigoles ? Je viens avec toi !

– Pas question ! Papa t'a puni hier soir, si tu te souviens bien…

– C'était injuste ! Maman et lui voulaient que je mange ma tarte !

– Et tu ne l'as pas mangée ! Donc, tu es puni.

– C'était de la tarte à la courgette ! C'est dégoûtant ! Maman met toujours des trucs bizarres dans les tartes !

– Tu n'étais pas obligé de lui dire… Elle a été vexée par ta remarque.

– C'est de sa faute, aussi ! Elle m'a dit : « Tu n'as qu'à le dire si ce n'est pas bon. »

– Et tu lui as répondu quoi, rappelle-moi ?

– Bé, que ce n'était pas bon.

– Voilà !

– Mais si elle ne voulait pas que je le dise, il ne fallait pas me demander ! Les adultes sont bizarres, quand même ! Un coup, il ne faut pas mentir, et un coup, il faut mentir… Faudrait savoir !

– Bon, tu ne viens pas, un point c'est tout.

Jules fixe alors sa sœur, les mâchoires crispées.

– Tu ne m'aimes pas, c'est ça ? marmonne-t-il.

– Quoi ?

– Si tu m'aimais, tu accepterais de m'emmener avec toi !

– Mais ça n'a rien à voir !

– Si, ça a à voir ! En plus, maman dort encore et papa est allé courir. Je l'ai entendu sortir tout à l'heure. On n'a qu'à mettre un mot à maman pour dire que je suis parti avec toi, et voilà !

– Tu plaisantes ! C'est hors de question !

– Si je viens, je pourrai t'aider à parler en interprétant et…

– J'ai prévu un petit tableau blanc.

Jules ravale un sanglot.

– Je te déteste ! J'espère que les gorilles vont t'écrabouiller comme une vieille banane « pourrite » ! conclut-il avant de se réfugier sous sa couette.

Lorsque Jérôme et son père arrivent à « Isaby », Louise les attend déjà sur le seuil de la maison.

Elle s'est emmitouflée dans un ciré jaune, un petit crachin s'étant invité dans la région depuis le milieu de la nuit.

Alors qu'elle accourt, tête baissée afin de se protéger de la pluie qui s'intensifie et qui lui cingle le visage, Jérôme vient à sa rencontre. Il lui dépose une bise humide sur la joue, à laquelle Louise répond par un grand sourire et des yeux pétillants de bonheur, puis il prend son sac et va le déposer dans le coffre. La jeune fille fait alors un petit signe de la main à André, qu'elle discerne à travers la vitre ruisselante, et elle s'installe sur le siège arrière. Elle repousse sa capuche sur sa nuque, libérant les pointes détrempées de ses cheveux qui, collés sur son visage, ruissellent jusqu'au creux de son cou.

– Quel temps ! lui lance André.

– Oui ! répond Louise, radieuse.

– Cela ne semble pas te gêner ! ajoute Jérôme, surpris, en prenant place à l'avant.

– Au contraire ! J'aime sentir l'eau froide sur ma peau, écrit Louise. Je me sens vivre !

La jeune fille se cale alors au fond de son siège et, son tableau blanc contre sa poitrine, elle ne perd pas une miette du paysage embrumé qui défile sous ses yeux. Admirative du nouveau visage que celui-ci lui offre, comme tous ces précieux cadeaux de la nature que tant de gens ne savent pas prendre le temps d'apprécier.

En cet instant, dans ce véhicule tout-terrain habitué à transporter divers types de matériels et qui sent l'huile, l'humus et la ferraille, Louise a l'impression d'être comme ces grands aventuriers dont elle suit les reportages sous-titrés à la télévision. Elle qui a toujours rêvé de vivre comme eux, au milieu de nulle part, elle a un peu l'impression d'entrer dans la grande famille des explorateurs.

À l'avant du véhicule, un casque vissé sur les oreilles, Jérôme bat la mesure en balançant sa tête au rythme de la musique.

Qu'est-ce que ça peut bien pouvoir faire que d'entendre clairement une mélodie ? Louise a déjà ressenti les vibrations que celle-ci produit sur les murs ou, comme à présent, sur le siège du véhicule. Mais, cela donne quoi, concrètement, quand toute son intensité s'infiltre dans son être ? Est-ce que ça chatouille ? Est-ce qu'on a l'intérieur de l'oreille qui tremble comme la grille de l'enceinte sur laquelle son père joue de la guitare électrique ?

Récemment, elle a lu dans une revue que de petits appareils donnent des résultats incroyables. Des implants cochléaires, si elle se souvient bien. Elle a trouvé que c'était un peu compliqué à comprendre, mais elle a retenu qu'il s'agit d'un petit boîtier qui est installé dans le crâne, avec un fil enroulé dans la cochlée, une espèce de tube en forme d'escargot que l'on a dans la tête et qui est directement relié à l'oreille. C'est à cet endroit que les vibrations récupérées à l'extérieur sont transformées, par des sortes de poils, en signaux électriques envoyés au cerveau. Celui-ci les traduit alors en sons.

Dans l'article, ils ont dit que des sourds profonds parviennent désormais à entendre grâce à ce système.

Mais avoir un appareil installé dans son crâne lui fait peur. Est-ce seulement supportable ?

Dans cette voiture où le temps semble avoir suspendu son vol, Louise est finalement bien loin de tous ces questionnements.

Elle se décale au milieu de la banquette arrière et regarde à présent droit devant.

La ventilation tourne à fond afin d'éliminer la condensation qui ruisselle sur les vitres, et les essuie-glaces ont accéléré leur ballet monotone afin de repousser la pluie qui bat de plus en plus fort.

Cela fait sourire Louise qui imagine des petits rats de l'Opéra à qui on demanderait de danser leur chorégraphie dix fois plus vite que la normale !

Dans quelques instants, ils arriveront au cœur de la forêt, là où se trouvent les grands singes.

Louise a hâte.

Comment vont-ils depuis hier ?

Est-ce qu'on va lui confier quelques tâches, comme préparer leur nourriture ?

Est-ce que Kiko a un meilleur moral et se mêle un peu plus aux autres ?

La voiture grimpe maintenant sur la dernière portion du chemin cahoteux. Le sol gras est glissant et les roues patinent sur les dalles rocheuses. Plusieurs fois, le véhicule marque un temps d'arrêt, les pneus cherchant désespérément leur accroche.

– Ça rince bien, ce matin ! lui hurle Jérôme en se tournant vers elle. Tu as prévu des bottes ?

– Tu pourrais retirer ton casque quand tu parles ! réagit le père de Jérôme. Ou alors baisser ta musique. Ça éviterait que tu nous brailles dans les oreilles.

– J'ai des chaussures de rando, écrit Louise sur son tableau blanc.

– Oui, j'ai vu ! continue de crier Jérôme. Mais cela ne suffira pas. Ici, quand il pleut autant, on se retrouve vite avec d'épaisses coulées de boue. Je t'assure : les bottes, c'est vraiment indispensable !

– Ton casque, bon sang ! râle de nouveau le père du jeune garçon.

Louise lève le pouce en direction de Jérôme pour signifier son approbation et lui adresse un grand sourire.

Celui-ci, gêné par la présence de son père, lui adresse en retour un sourire tout en retenue.

Mais il a bien du mal à cacher son émoi.

Car Louise lui plaît vraiment beaucoup.

– Tu es tout rouge, constate son père.

– C'est… c'est qu'il fait super chaud, essaie de justifier Jérôme, avant de baisser la température du véhicule.

– Je t'avais dit de te découvrir dans la voiture. Mais tu sais toujours mieux que les adultes ce qu'il faut faire, n'est-ce pas…

– Pff, ça y est, souffle Jérôme.

– À moins que ce ne soit ta petite copine qui te trouble ?

– C'est drôle, ça.

– J'ai été adolescent avant toi, mon garçon !

– Je préfère ne pas répondre.

– Tu préfères ne pas répondre, ou tu ne sais pas quoi répondre ?

Louise tapote sur l'épaule de Jérôme.

– Qu'est-ce qui se passe ? montre-t-elle sur son tableau.

– Rien, répond Jérôme, alors que son père rit aux éclats. Mon père est un gros relou qui pense que ses blagues sont drôles.

Le véhicule arrive enfin à destination.

André gare le 4 x 4 près d'une petite cabane et descend aussitôt, rapidement suivi par Jérôme.

– Tu viens ? invite celui-ci, en ouvrant la porte à Louise.

Il pointe du doigt le réduit.

– Tu y trouveras des bottes et des vêtements. Parce qu'il vaut mieux que tu te changes. On va pas mal se salir, tu sais ! Quand tu seras prête, rejoins-nous au bureau.

Louise ouvre de grands yeux interrogateurs.

– C'est la petite maison que tu vois là-bas. Tu sais, on est passés à côté, hier. C'est là que papa et ses associés dorment à tour de rôle. Parce qu'il faut toujours qu'il y ait quelqu'un de garde ici. Au cas où quelque chose d'inhabituel arriverait.

Sans perdre de temps, Louise se change et retrouve l'équipe qui s'est rassemblée autour d'un café brûlant.

– J'ai dû l'endormir pour la recoudre, raconte Ladislas à André.

– C'est Kiko, annonce Jérôme à Louise. Elle a été blessée cette nuit.

– C'est grave ? écrit Louise, dont les battements cardiaques s'accélèrent subitement.

– Une plaie assez profonde dans son dos, répond le jeune garçon.

– Elle est tombée ?

– Non. Elle a été mordue par Také, le Silverback. On en ignore la raison. Mais, du coup, elle risque d'être encore plus isolée du groupe.

– On peut la voir ?

Jérôme pose la question à son père, qui lui oppose aussitôt une interdiction formelle.

– Je suis désolé, explique Jérôme à Louise. Elle n'est pas dans son assiette et elle risque donc d'être agressive. Il faut la laisser se reposer. Papa et ses associés vont bien s'en occuper, ne t'inquiète pas. Tu sais, cela reste des animaux sauvages. Ils ont leurs propres règles. C'est Také qui commande et, parfois, il impose ses décisions par la violence. C'est un vrai chef de clan qui ne supporte pas que l'on mette à mal son autorité. Je suppose que Kiko a fait quelque chose qu'elle n'aurait pas dû et Také l'a sanctionnée.

Voyant que cela chamboule Louise, Jérôme change aussitôt de sujet et la prend par la main.

– Viens, on va préparer à manger pour le groupe. Il y a de quoi faire, tu vas voir !

CHAPITRE F

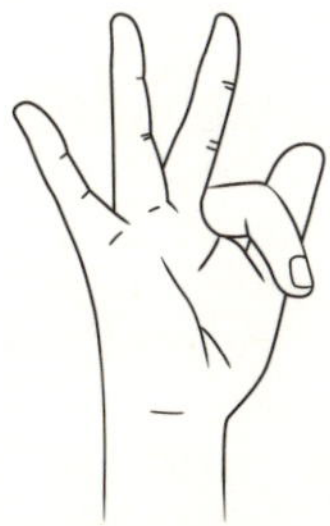

Tout en soulevant une des caisses récupérées chez un producteur local, Jérôme explique en détail le fonctionnement du parc.

– Comme tu as pu le remarquer lors de ta première visite, les gorilles mangent énormément chaque jour. Chacun engloutit une trentaine de kilos de feuilles, tiges, racines et fruits. Alors, même si nous avons effectué de nombreuses plantations pour que les singes se nourrissent en partie par eux-mêmes, il nous est indispensable de nous approvisionner également à l'extérieur. Pour cela, nous privilégions la production locale, et donc les maraîchers des environs. Il est indispensable que nous ancrions notre projet à la région.

Les deux amis font plusieurs allers-retours entre le lieu de stockage et l'enclos des gorilles.

– C'est papa ou l'un de ses collègues qui met ensuite la nourriture derrière les grilles. Il est évidemment hors de question d'entrer à l'intérieur sans être spécialiste. Ladislas et Romario, les associés de papa, ont travaillé avec lui au Rwanda. Et nous devrions être rejoints bientôt par un Rwandais, qui vit là-bas auprès des gorilles depuis de nombreuses années.

Après avoir déposé le dernier chargement de fruits, Jérôme attrape Louise par la main.

– J'aimerais te montrer quelque chose. Viens.

Le jeune garçon entraîne alors la jeune fille jusqu'au bureau.

Une fois à l'intérieur, il s'approche d'une carte affichée au mur, que Louise n'avait regardée jusqu'alors que distraitement.

– Tu vois, là, explique-t-il. Au carrefour du Rwanda, de l'Ouganda et de la République démocratique du Congo. C'est ici que se trouve le volcan Mikeno, au milieu du Parc national des Virunga. Nos gorilles viennent de là. Ils vivent dans des forêts alpines très humides. C'est pour cela que papa a souhaité les installer par ici. En tout, répartis sur les territoires volcaniques des trois pays que je viens de te nommer, il reste environ cinq cents gorilles. Plus quatre cents au sud-ouest de l'Ouganda.

– 'est beaucoup, réagit Louise.

– Pas vraiment ! Tu trouverais que c'est beaucoup si on te disait qu'il reste seulement un millier d'humains regroupés dans un petit coin du monde, où ils sont chassés et où on détruit leur habitat ?

Louise décapuchonne son stylo et écrit aussitôt sur son tableau.

– Pourquoi ils sont chassés ?

– Pour leur viande, certains habitants des villes étant grands amateurs de viande de brousse. Il arrive aussi que ce soit les milices militaires, pour se nourrir. Mais le braconnage ne se limite pas à ça. Il y a aussi toutes les ventes de trophées pour les touristes… Tu te rends compte qu'ils vendent les mains pour en faire des cendriers, et les crânes pour faire des presse-papiers ?

Louise cache une grimace de dégoût avec ses mains, avant d'écrire de nouveau.

– Avec le crâne de certains humains, on pourrait juste faire des dés à coudre…

– Haha ! C'est pas faux, sourit Jérôme.

– Tu as dit qu'on détruit leur habitat. Ça veut dire quoi ?

– Les hommes rasent les forêts pour en faire des terres agricoles ou pour extraire le minerai qui se trouve dans le sous-sol. Les gorilles ont de moins en moins d'espace pour se nourrir, mais aussi pour vivre sans stress. Du coup, il y a moins de naissances. Déjà qu'ils tuent eux-mêmes une partie de leurs petits…

Effarée, Louise grimace de nouveau et ouvre les mains en signe d'incompréhension.

– Oui, malheureusement. Lorsqu'un dos-argenté meurt, les mâles qui lui étaient soumis se vengent parfois en tuant tous ses enfants.

– 'est horrib' ! s'exclame Louise.

– C'est la réalité, malheureusement. Désolé de te dire la vérité, mais il est important que tu saches pourquoi un parc comme le nôtre est essentiel à la survie de l'espèce. Tu sais, les braconniers, pour récupérer un petit qu'ils vont vendre à un zoo, sont prêts à tuer tout un clan. Car aucun des adultes ne les laissera jamais emporter un des leurs sans se battre jusqu'à la mort.

Louise s'assied sur le rebord de la table, comme assommée par les révélations de Jérôme.

Puis elle saisit de nouveau son tableau blanc.

– Je suppose qu'il y a aussi des maladies qui déciment des clans, non ? J'ai déjà vu des choses comme ça dans des reportages sur les animaux sauvages.

– Oui, souffle Jérôme. Des maladies parfois amenées par les hommes. Tu sais, nous possédons quatre-vingt-dix-huit pour cent de notre ADN en commun avec les gorilles des montagnes. Ce qui rend possible la transmission d'une espèce à l'autre… Les braconniers, les touristes, et même les chercheurs qui veulent normalement les protéger peuvent leur transmettre des maladies bénignes pour nous, mais qui sont mortelles pour eux. C'est aussi pour ça que papa ne veut pas que notre parc soit ouvert au public. Et qu'il ne veut pas que trop de monde approche de l'enclos. Le gorille des montagnes est classé dans la catégorie « en danger critique d'extinction », Louise. C'est-à-dire la dernière étape avant de le déclarer éteint à l'état sauvage. À ce rythme, il ne restera bientôt plus que ceux qui sont préservés dans des parcs comme le nôtre.

– Est-ce que certains ont déjà essayé de communiquer avec les gorilles, en langue des signes ?

– Papa utilise quelques gestes. Mais j'ignore si c'est tiré de cette langue. Il paraît qu'au Rwanda certains gardes réussissent parfois à échanger un peu. Mais cela reste des gorilles, Louise. Ce ne sont pas des humains.

– Ils sont intelligents, non ?

– Oui, mais…

– Tu penses que, parce qu'on n'a pas la même façon de communiquer, on est moins intelligent ? écrit Louise, en soulignant trois fois la fin de sa phrase.

– Non, bien sûr, c'est… je… enfin, ce n'est pas ce que je voulais dire… je…

– Moi, je suis certaine que c'est possible de parler avec eux !

La jeune fille plaque violemment le tableau blanc contre la poitrine de Jérôme, afin de montrer qu'elle souhaite interrompre la conversation.

– 'e te p'ouv'ai que 'est possib' !

Les deux jeunes gens terminent alors leur travail en silence avant d'assister à la distribution de nourriture.

Tout en jetant des regards noirs à Také, Louise scrute longuement les broussailles dans l'espoir qu'apparaisse Kiko.

Malheureusement, celle-ci ne vient pas de toute la journée.

Aussi en fin d'après-midi, c'est la mort dans l'âme que Louise se résout à aller se changer dans la cabane. C'est alors qu'elle fait tomber un journal qui recouvrait un cageot. À l'intérieur de celui-ci, de magnifiques cristaux de quartz scintillent de mille feux.

Émerveillée, la jeune fille sort de l'abri et tire Jérôme par son pull.

Celui-ci, surpris, la suit en vérifiant que personne ne les observe.

Car, en un millième de seconde, il en a déduit que son amie ne lui fait plus la tête et qu'elle veut peut-être même lui déclarer sa flamme !

– 'est 'agnifiq' ! dit celle-ci, en montrant les cristaux.

– Ah, c'est pour ça ! sourit Jérôme, en réalisant sa méprise.

– 'est qui… qui a… t'ouvé les piè' ?

– C'est moi ! Avec mon frère ! On va souvent en chercher dans la montagne !

– 'est beau !

– Tiens, dit Jérôme en lui tendant la plus jolie plaque de cristaux. C'est pour toi.

– Oh ! Mer'i ! répond Louise en se jetant dans les bras du jeune garçon, avant de lui claquer un baiser sonore sur la joue.

Rougissant de plaisir, Jérôme se gratte la tête.

– De… de rien, balbutie-t-il.

– 'u m'emmè-ne'as avè' toi ?

– Chercher des cristaux ?

– Oui !

– Oui… Pourquoi pas… Si tu veux…

– Quand ?

– Je ne sais pas… Euh… Demain, si ça te dit… Ils annoncent une journée très ensoleillée.

– 'uper !

CHAPITRE 6

En ce vendredi matin de la première semaine de vacances, le ciel est parfaitement dégagé. Le temps idéal pour partir à la recherche de minéraux.

Jérôme et son père sont venus chercher Louise à « Isaby » et l'ont emmenée au parc, sans que Jules, déjà dans le jardin, leur adresse le moindre regard.

Une fois arrivés à la cabane, les deux amis préparent aussitôt le matériel de fouille. Sur la grande table en bois ancrée au sol, Jérôme commence à étaler les différents objets dont ils vont avoir besoin : des marteaux, des burins, des casques et des lampes frontales qu'ils utiliseront dans les galeries des anciennes mines de plomb. Des journaux, pour envelopper les cristaux, et des lunettes de protection pour se protéger d'éventuels éclats lorsqu'ils taperont dans la roche, complètent l'équipement.

– Est-ce que je peux aller dire bonjour à Kiko ? écrit Louise.

– Il vaut mieux pas, lui répond Jérôme. Kiko est toujours très choquée après l'attaque de Také. C'est mieux de la laisser tranquille pour l'instant. Mais tu peux aller voir les autres, si tu veux. Je termine de préparer nos sacs et j'irai te chercher lorsque tout sera prêt. Reste bien à l'endroit où on nourrit les gorilles, OK ? Pas question d'aller au-delà.

Après avoir acquiescé d'un signe de tête, Louise descend le petit sentier menant à l'enclos où se trouvent les singes. Là, elle cherche immédiatement du regard la jeune femelle.

Continuant de longer les grilles, Louise observe avec attention au travers des feuillages et, sans s'en rendre compte, elle finit par s'éloigner considérablement de la zone autorisée.

Ne voyant toujours aucune trace de Kiko, elle essaie de l'appeler.

– 'ikkkooo… 'ikkkkooo…

La jeune fille sent l'angoisse monter en elle. Elle comprend tellement ce que peut ressentir la femelle gorille, isolée de tous. Les questions se bousculent alors dans sa tête. Peut-être a-t-elle été de nouveau agressée par Také ? Peut-être l'a-t-il blessée davantage que la dernière fois ? Peut-être est-elle en train d'agoniser dans un coin ? Peut-être… peut-être est-elle même morte !

Cette idée lui est insupportable, et Louise ramasse un morceau de bois qu'elle tape rageusement sur les barreaux de métal.

– 'ikkkooo… 'ikkkooo… 'ikkkooo…

N'obtenant aucun résultat, elle s'apprête à aller chercher encore plus loin lorsque, de l'autre côté de la grille, les feuillages se mettent à trembler.

Louise s'agrippe aux barreaux et appelle la femelle gorille d'une voix qu'elle souhaite la plus douce possible. Jérôme lui a pourtant répété à maintes reprises de ne jamais s'approcher de la clôture. Mais elle est venue en amie. Comment Kiko pourrait-elle lui vouloir du mal ?

Tel un éclair, une main puissante surgit des broussailles et saisit le poignet de la jeune fille. Louise essaie de hurler, mais aucun son ne sort de sa gorge, tandis que le visage de la femelle gorille apparaît au travers des feuillages. Les yeux noisette et perçants de l'animal fixent l'imprudente, et sa bouche s'entrouvre sur d'impressionnantes dents carnassières.

Louise avait cru bien faire en tapant sur les barreaux pour attirer l'attention de l'animal. En fait, elle en a maintenant conscience, Kiko a dû interpréter cela comme de la défiance. La jeune fille n'a pas respecté les consignes que lui avait édictées Jérôme, et elle le paie au prix fort. La voici désormais à la merci du puissant gorille qui, en moins de temps qu'il ne le faut pour le dire, peut la broyer contre les barreaux. Elle se remémore alors les conseils de son ami : face à un grand singe, il faut avant tout le rassurer et montrer qu'on est là en ami et non en ennemi. La première chose à faire étant de ne surtout pas paniquer, ce qui serait pris pour de l'agressivité. Il faut, au contraire, faire preuve de soumission. Comme l'avait recommandé le jeune garçon, Louise baisse donc la tête et fixe son regard sur le sol.

Au bout d'une poignée de secondes qui paraissent interminables, Kiko se colle à son tour à la grille et la jeune fille sent alors son souffle chaud glisser sur sa nuque.

*
**

Cela fait maintenant de longues minutes que Louise est dans cette position, le grand singe lui serrant le poignet aussi sûrement qu'un étau. Des larmes s'étirent sur le visage de la jeune fille et les sanglots qu'elle essaie de retenir agitent son corps en légers soubresauts.

Finalement, la femelle gorille relâche son emprise. Libérée, Louise abaisse lentement ses bras le long de son corps, et relève la tête. Face à elle, Kiko reste impassible pendant quelques instants, avant de rugir violemment et de projeter dans sa direction un amas de feuilles et de branches mortes. Puis, en un éclair, le gorille disparaît dans les buissons.

Lorsque Jérôme arrive précipitamment sur les lieux, prévenu par les rugissements de la femelle, il trouve Louise en pleurs et prostrée sur le sol.

*
**

– Je t'avais dit de te méfier, râle Jérôme, une fois de retour près de la cabane. Il ne faut jamais oublier que ce sont des bêtes sauvages, Louise. Qui fonctionnent avec leurs propres codes. Leur propre langage. Leurs propres façons de faire. Tu as été terriblement imprudente.

– Je sais que c'est de ma faute, écrit Louise sur son petit tableau blanc. Et je m'en veux. Non pas d'avoir pris un risque pour moi. Mais de lui avoir fait peur au point qu'elle ait ressenti le besoin de se défendre. Si tu savais comme je la comprends… Le manque de communication rend si fragile, Jérôme. Qui que nous soyons. JE me sens parfois si fragile… Je suis sûre que Kiko ressent la même chose…

Je dois absolument réussir à lui parler. Je te promets que je parviendrai à gagner sa confiance et à échanger avec elle.

– Parce que tu comptes faire quoi ? répond Jérôme, toujours en colère. Lui apprendre à écrire sur un tableau blanc, avec un joli petit crayon ?

– 'on ! s'écrie Louise, vexée en frappant du poing sur la table en bois. 'eu vais lui appren' la lang' 'es sign' !

– Mais tu es complètement folle, Louise ! C'est un singe ! Un sin-ge ! Ce qui vient de se passer ne te suffit donc pas ?

– Qu'est-ce qui vient de se passer ? demande André en venant vers eux, tandis que, les larmes aux yeux, Louise s'enfuit en courant.

*
**

Une heure plus tard, au bureau.

– Ce n'était pas très malin de dévaler ainsi la pente, dit le père de Jérôme en désinfectant les genoux sanguinolents de la jeune fille. La forêt est pleine de pièges, entre les racines, les trous cachés par les feuilles mortes et les cailloux qui émergent de partout.

– C'est de ma faute, explique Jérôme. Je pense que j'ai été trop dur avec Louise. Je me suis un peu emporté lorsqu'elle m'a dit vouloir apprendre la langue des signes à Kiko.

– La langue des signes ?

– Oui. Louise pense qu'elle pourrait échanger avec Kiko. Et peut-être ainsi gagner sa confiance. Elle imagine que cela pourrait alors faciliter son intégration dans le clan. Au premier abord, je n'ai pensé qu'à la sécurité de Louise et je reconnais avoir été aveuglé par cette inquiétude. Mais je me demande si, finalement, cela ne vaudrait pas le coup de tenter.

André frotte sa barbe naissante du bout des doigts.

– J'ai déjà observé cela au Rwanda, dit-il, tout en déroulant un bandage. Certains gorilles mémorisaient quelques signes, et j'ai vu des gardiens avoir des bribes d'échanges avec eux. Mais cela réclamait une énorme persévérance.

– Je saurai être patiente, écrit Louise sur son tableau.

– Il faut vraiment beaucoup de temps, répond André. Beaucoup, beaucoup, beaucoup de temps. Ce n'est pas en quelques jours que tu gagneras la confiance des gorilles. Et surtout pas celle de Kiko.

– Je reviendrai pendant deux mois, cet été, assure la jeune fille. S'il vous plaît !

André se gratte de nouveau la barbe.

– 'i 'ous plaît…

– C'est à voir… Je… C'est à voir.

– 'erci ! s'écrie Louise en le serrant dans ses bras, dans un élan incontrôlé.

– Hé, là ! Je n'ai pas dit oui !… Je n'ai pas dit oui !

CHAPITRE H

Samedi matin.

Bien que ses jambes soient encore endolories, Louise a accepté d'accompagner son ami sur les hauteurs de Pierrefitte. La chasse aux cristaux prévue la veille a été repoussée à ce jour, afin que la jeune fille puisse gravir la montagne sans trop de difficultés.

Pour commencer, le sac à dos bien fixé sur les épaules, les deux adolescents suivent la route goudronnée afin de tester les sensations de Louise. Celle-ci n'ayant finalement qu'une gêne légère, ils s'enfoncent alors à travers bois.

La montée est raide et, à l'approche du sommet, il faut bien souvent s'aider des mains.

– Co… pff… comment… pff… tu te sens ? demande Jérôme, le souffle court. Tes genoux, pff… ça va ?

La jeune fille acquiesce d'un signe de la tête.

– OK, cool. On est… pff… tout proches de la chapelle de… pff… Pouey-Aspé. Elle a été édifiée en l'honneur de saint Savin… pff… un ermite qui a vécu là, au Ve siècle… Tu vas voir, la vue est grandiose.

– 'e… pff… pff… 'e connais, répond Louise en souriant, ses grands yeux verts s'ancrant dans ceux de Jérôme.

Quelques minutes plus tard, les adolescents arrivent à proximité de la petite chapelle.

– 'e suis dé' à 'enue ici avec 'apa, commente Louise, après s'être assise quelques instants pour récupérer de son effort.

Les deux amis contemplent le paysage pendant quelques instants, puis Jérôme prend Louise par la main. Il l'entraîne alors jusqu'à la petite construction de quelques mètres carrés, construite au XIXe autour du rocher dans lequel vivait et priait Savin.

– Quand tu penses que c'est dans ce caillou qu'il a passé treize années de sa vie ! s'exclame-t-il en regardant au travers de la porte.

Louise s'approche à son tour et leurs visages se frôlent. Le jeune garçon en est particulièrement troublé et, tandis que son amie observe à l'intérieur de la petite bâtisse, il pose son regard sur les longues boucles blondes et cette peau qu'il imagine si douce… Si seulement Louise pouvait ressentir elle aussi cet amour naissant qui emplit de plus en plus son être. Jérôme aimerait lui confier ses sentiments et la serrer contre lui. Mais comment être sûr qu'elle partage bien le même élan ? Comment être certain qu'elle ne le prendra pas mal ? Peut-être sera-t-elle choquée et ne voudra-t-elle plus jamais le revoir ? Cela est inconcevable pour le jeune garçon. Il ne sait pas comment l'expliquer, mais il lui est impossible de prendre le risque de la perdre. Quitte à devoir se contenter de son amitié.

Aussi, si un jour il trouve la force de se lancer, il se dit qu'il faudra qu'il le fasse avec la plus grande des délicatesses.

– Viens, dit-il, avant de s'éloigner afin de ne pas succomber à cette irrésistible envie d'embrasser Louise.

Sans se retourner, il avale d'un pas décidé les quelques centaines de mètres de sentier qui les mènent au bord d'un précipice.

Une fois rejoint par son amie, il pointe du doigt les sommets leur faisant face, de l'autre côté de la vallée.

– Tu vois le trou dans la montagne, là-bas ? C'est une des anciennes mines.

– 'est loin.

– Oui. On va devoir faire tout le tour. On va traverser la forêt à flanc de montagne, puis on longera la crête par une vieille piste de 4 x 4. On ne sera alors plus très loin des haldes des anciennes exploitations de plomb. On fera une pause aux alentours des cabanes de bergers, avant de reprendre notre route jusqu'à l'entrée principale de la vieille mine.

– On rentrera dans la mine ? écrit Louise sur son tableau blanc.

– Oui, mais pas par là. L'entrée a été condamnée. D'ailleurs, tout le secteur a été sécurisé. Ils ont détruit les anciens bâtiments qui menaçaient de s'effondrer, et ils ont bouché toutes les entrées de mines.

– Alors, on fera comment ?

– Par un des puits d'aération que j'ai retrouvé dans la végétation.

– C'est pas dangereux ?

– On n'ira pas loin. Juste aux abords d'un filon où il y a encore de très jolis cristaux. Ne t'inquiète pas. On ne s'aventurera pas dans les galeries les plus fragiles.

Louise et Jérôme crapahutent pendant plus d'une heure avant d'arriver aux cabanes en pierres sèches.

Là, ils remplissent leurs gourdes au petit torrent qui court au milieu de l'ancien alpage et reprennent quelques forces.

– Les deux maisons sont abandonnées, dit Jérôme, en s'asseyant à l'ombre d'un arbre. Elles ne servent guère plus que de refuge lorsqu'on est surpris par du très mauvais temps.

– On a déjà dormi dans un refuge avec mes parents et mon frère, écrit Louise. C'était il y a deux ans lors d'une semaine de vacances dans la région de Val-d'Isère, dans les Alpes. Le soir, on avait eu un orage qui, visiblement, devait être terrifiant, car mon petit frère et ma mère avaient peur que la bâtisse ne soit foudroyée par les éclairs. Pour une fois, j'avais un avantage à être malentendante ! L'orage était tellement violent que les animaux étaient descendus des sommets. Mes parents m'ont dit qu'on les entendait même marcher sur le toit du refuge, qui était collé à la montagne. Quand on est repartis le lendemain matin, de très bonne heure, on s'est retrouvés au milieu d'un troupeau de chamois et de bouquetins ! C'était incroyable !

– Waouh ! Ça devait être extraordinaire !

– Exceptionnel, oui ! Tu sais, j'adore être en montagne. Cela m'apaise. Certains disent que c'est le monde du silence… C'est peut-être pour cela que je m'y sens si bien.

Quelques rayons parviennent à percer l'épaisse toiture de feuilles et viennent caresser le visage de la jeune fille.

– Tu as un petit copain ? lâche Jérôme, après avoir pris son courage à deux mains.

– Pourquoi ?

– Comme ça… Je me disais que tu es bien jolie et qu'il y a certainement un gros veinard quelque part.

Rougissante, Louise croque dans une pomme, et détourne le regard.

– *Imbécile !* se dit Jérôme. *Bravo pour la délicatesse ! Tu l'as mise mal à l'aise ! Voilà ce que tu as gagné… En plus, sa réaction trahit avec évidence qu'elle a déjà un petit copain. Comme ça, au moins c'est clair… Qu'est-ce que tu croyais ?! Il y a d'ailleurs certainement longtemps qu'elle a compris tes sentiments à son égard, mon pauvre garçon ! Les filles, elles ont comme un sixième sens pour cela. De vrais radars sur pattes ! Et la voilà maintenant gênée car elle ne sait pas comment faire pour ne pas te ridiculiser en repoussant tes avances. Bien joué ! Tu as tout gâché !*

N'osant plus rien dire, Jérôme avale rapidement les dernières bouchées de son sandwich puis, après avoir rassemblé ses affaires dans son sac, il se relève d'un bond et arrime les lanières sur ses épaules.

Il adresse alors un sourire gêné à Louise, avant de lui faire signe qu'il est temps d'attaquer la dernière portion menant à la mine.

Mais, alors qu'il a repris son chemin, il sent qu'une main tire son tee-shirt.

Il se retourne et se retrouve face à face avec Louise qui brandit son petit tableau blanc.

– Non, je n'ai pas de petit copain, a-t-elle écrit.

Le mot de Louise est accompagné d'un smiley et, à peine Jérôme a-t-il le temps de lire ce qui lui est adressé que la jeune fille dépose un baiser sur ses lèvres.

Surpris, le jeune garçon reste figé sur place, tandis que Louise lui prend la main et l'entraîne en riant sur l'ancien chemin des mineurs.

Jérôme a le cœur qui bat à cent à l'heure. S'il était seul, il hurlerait sa joie au milieu de ces montagnes, qui ne manqueraient pas de le féliciter en retour par un de ces échos dont elles ont le secret. Tout se bouscule dans sa tête. Lui qui fuyait toute personne ayant le moindre handicap, le voici contre toute attente amoureux d'une malentendante. Pour la première fois de sa vie, il a su dépasser ses a priori et voilà le résultat : il est tombé sur une perle rare… Au début, il s'était demandé ce que pourraient penser ses amis. Puis il a réalisé que, si justement ce sont des amis, ils seront heureux de son bonheur. Et le premier qui s'avisera de faire une réflexion ou une moquerie aura sérieusement affaire à lui !

Avec Louise, il se sent prêt à déplacer… des montagnes ! Comme celles qui l'entourent aussi majestueusement ! C'est idiot, mais cela le fait sourire.

Jérôme est heureux ! Il a très envie de s'arrêter et d'embrasser Louise. Mais, mieux vaut peut-être ne pas trop précipiter les choses… Ce serait malin de tout gâcher, maintenant ! Alors, il serre les doigts de son amie et en vient presque à regretter d'arriver aussi rapidement à la mine.

– Comme tu vois, l'entrée a été bouchée par du béton, explique-t-il à Louise, tout excitée à l'idée de trouver de jolies pierres. Mais ce n'est pas un problème, car l'endroit qui nous intéresse est directement accessible par une autre issue.

Les deux amis escaladent alors un petit monticule de roche couvert de terre et de vieux troncs d'arbres pourris.

Derrière celui-ci, un petit renfoncement est recouvert de feuillages, placés quelques jours auparavant par Jérôme afin de masquer l'accès aux galeries.

– On va descendre en faisant un petit rappel, explique-t-il en déroulant une corde. Oh là ! Ne fais pas cette tête ! Ne t'inquiète pas, je vais t'aider. Tu verras, il n'y a rien de compliqué. On descend juste de quelques mètres. Ensuite, on arrivera sur une partie effondrée et légèrement en pente. On se laissera glisser jusqu'au sol de la galerie. Le filon se trouve juste là. Mets ton casque et allume ta lampe frontale, car il fait très sombre là-dedans.

Tétanisée par ce que vient de dire Jérôme, Louise reste figée, les yeux hagards. Elle se rend compte qu'elle n'avait pas réalisé ce qui l'attendait en acceptant de venir ici. Et la voici confrontée à l'une de ses plus terribles peurs. Le noir… Elle va devoir être dans un endroit totalement obscur, semblable à la grande cave de ses cauchemars.

La jeune fille se met à trembler.

– Ne t'inquiète pas, la rassure Jérôme en lui prenant les deux mains. Il n'y a rien à craindre. Je te le promets. Tu sais, il est normal d'avoir peur. Les premières fois où je suis entré dans des mines, je n'en menais pas large, moi non plus ! Mais crois-tu que je t'emmènerais dans cet endroit s'il était dangereux ? Il n'y a rien à craindre, je t'assure. Maintenant, si tu préfères ne pas descendre, je le comprendrais très bien. On peut rester à la surface et aller gratter un peu les anciens tas de déblais. Avec un peu de chance, on peut encore faire de petites découvertes sympas et…

Prenant sur elle, et décidée à faire confiance à son ami, Louise s'approche de la cavité, allume sa lampe frontale, et fait signe au jeune garçon qu'elle est prête à entrer dans le ventre de la montagne.

Avec beaucoup d'attention et de précaution, Jérôme fait descendre Louise, et la rejoint du plus vite qu'il peut afin de la laisser seule le moins longtemps possible.

Lorsqu'il arrive auprès d'elle, Louise tremble de tous ses membres. Il la serre alors quelques instants contre lui puis, bien qu'aveuglé par la lampe de la jeune fille directement orientée sur son visage, il lui explique qu'ils vont devoir glisser sur la petite pente terreuse.

– Tu vas passer la première, et je te retiendrai avec la corde. Évite de t'asseoir et de laisser traîner les mains au sol car tu pourrais te couper à un vieux morceau de métal ou à un éclat de roche.

– 'e croy-ais 'ui avait rien à craind'…

– Regarde, dit Jérôme, en pointant une puissante lampe torche vers le fond. Ce ne sont que quelques mètres à franchir. Et après, à nous les jolis cristaux !

Une fois arrivés dans la galerie, les deux adolescents avancent prudemment, toujours attachés l'un à l'autre.

Les parois scintillent de toutes parts sous le puissant projecteur manuel qu'a emporté Jérôme.

– 'est beau ! s'exclame Louise qui, émerveillée, voit s'envoler ses craintes telle une volute de fumée.

– Je t'avais dit que ça en valait la peine ! Les cristaux jaunes et rouges, ce sont des sphalérites. On a de la chance car ils font près d'un centimètre dans cette mine. Ce qui est déjà franchement pas mal pour ce minéral. D'autant plus que leur pureté est presque gemme.

– J'aime ! articule Louise, en souriant.

Avec délicatesse, Jérôme décolle au burin une jolie plaque qu'il dépose dans le creux de la main de son amie.

– Elle est à toi, dit-il.

Louise est bouleversée par la beauté troublante de la pierre qui vient de naître au beau milieu des ténèbres. Jérôme lui adresse alors un sourire plein de tendresse.

– Ici, sous la terre, tu ne peux pas tricher, murmure-t-il. Tu ne peux qu'être touché par la beauté de l'instant. Quand tu mettras au jour, toi-même, une de ces merveilles, tu comprendras ce que je veux dire.

Le jeune garçon détaille le filon sur plusieurs mètres de longueur et explique à Louise où elle a le plus de chances d'ouvrir une poche de quartz bien cristallisée. Puis il lui confie ce secteur prometteur, avant de retourner à la faille des sphalérites. Mais, alors qu'il commence à détacher de nouvelles plaques, il sent son amie juste derrière lui.

– 'ai peu', répète celle-ci plusieurs fois. Le noi' me fait peu'.

– Tiens, répond Jérôme, en comprenant que la lampe frontale ne suffit pas à rassurer Louise. Prends la grosse lampe avec toi. Et si jamais tu as un problème, tu tires sur la corde. Nous ne sommes qu'à quelques mètres l'un de l'autre. J'arriverai aussitôt... Tu sais, tu n'as rien à craindre. Les fantômes et les ours ne passent par ici que vers 20 heures.

– 'est t'ès d'ôle, réagit Louise, avant de laisser échapper un sourire.

La jeune fille hésite encore quelques instants, puis elle finit par accepter de prendre la lampe et de s'éloigner un peu.

Jérôme reprend alors son minutieux travail d'extraction et les morsures du burin sur la paroi résonnent autour de lui. Soudain, il est sèchement tiré en arrière par la corde et tombe à la renverse. Les fesses dans la boue, il se retourne et constate que la lumière de la lampe de Louise a disparu. Aussitôt, il ramène le filin à lui mais, au bout, il n'y a plus personne…

Le sang du jeune homme ne fait qu'un tour et il bondit dans la galerie. Pourvu que le sol ne se soit pas effondré sous les pieds de Louise !

Quelques mètres plus loin, le boyau tourne à angle droit. C'est là que le jeune garçon retrouve avec soulagement son amie, les mains pleines de glaise. Avec, au creux de celles-ci, une énorme gerbe de quartz.

– Oh, la vache ! s'exclame Jérôme, avant que la jeune fille n'explique qu'elle a suivi la faille en tapotant la paroi.

Jusqu'à ouvrir une grosse cavité pleine d'argile, où de nombreux spécimens de cristaux de roche étaient endormis pour l'éternité.

– Haha ! La chance du débutant ! s'exclame Jérôme, en éclatant de rire. Bravo, Louise ! On appelle ça des quartz flottants ! C'est-à-dire qu'on les trouve détachés de la roche. On n'a plus qu'à les cueillir ! Mais, tu pleures ?

Le visage illuminé de bonheur, Louise laisse alors couler les larmes de joie sur ses joues pleines de terre. De cette terre inquiétante d'où a surgi l'étourdissante beauté.

CHAPITRE I

Dimanche.

Louise a de nouveau mal dormi. Elle était pourtant harassée par les efforts consentis la veille. Mais son esprit a été occupé toute la nuit par les images de cette chasse aux cristaux.

Du fait de son incapacité à bien entendre, la jeune fille a développé un sens de l'observation affûté et elle a donc revécu les moindres détails : les encouragements de Jérôme lors de l'ascension vers Pouey-Aspé, ses sourires, sa main dans la sienne à plusieurs reprises. Ses doigts si fins, si doux.

Elle a ressenti de nouveau le frisson de leur premier baiser et l'accélération des battements de son cœur… La plongée dans les entrailles de la Terre l'a terrorisée. Mais, en même temps, elle qui redoute tellement l'isolement et le confinement dans des endroits où la vision ne suffit plus à la rassurer, elle a su repousser ses limites. Jusqu'à se détacher de la corde et s'aventurer au milieu de la nuit. Et ça, elle en est terriblement fière !

Cette immersion dans les terrifiantes profondeurs de la montagne lui a procuré des décharges d'adrénaline comme elle n'en avait jamais connu. Et, étonnamment, elle a adoré. Certes, la présence rassurante de Jérôme y est pour quelque chose. Mais à aucun moment elle ne s'est sentie fragilisée au point d'avoir une crise de panique. Et c'est une sacrée victoire !

Et puis, il y a ces merveilles minérales qui sont apparues sous le feu de sa lampe. Quelle sensation troublante que de donner la vie à ces fabuleux cristaux emprisonnés jusqu'alors au milieu des ténèbres ! Un peu à l'image de ce qu'elle vit elle-même depuis qu'elle s'ouvre au monde. Son handicap par rapport à la société des entendants aurait pu la renfermer sur elle-même. Ce fut d'ailleurs le cas pendant longtemps. Mais elle prend de plus en plus confiance en elle. Car, finalement, elle a compris que tous les hommes sont différents. Et donc uniques. Certains sont gros, d'autres maigres, certains sont grands, d'autres petits... Les couleurs de peau, les caractères, les particularités physiques, et combien d'autres caractéristiques qui font de chacun un être à part entière. Avec ses spécificités. Et donc ses richesses. Certes, parfois, les autres peuvent demeurer aveugles ou sourds face à ceux qui sont différents d'eux...

– *Mais, c'est tant pis pour eux,* se dit Louise. *Ils ne verront jamais les beautés scintiller, comme les cristaux sous la lampe.*

C'est en partie pour ce parallèle avec sa propre vie que Louise est tombée amoureuse des pierres.

Et qu'elle a décidé de commencer une collection. Mais une collection particulière où seules les cristallisations qu'elle a elle-même mises au jour auront droit de cité. Celles qui se seront ouvertes au monde grâce à elle. Parce qu'elle aura fait l'effort d'aller à leur rencontre.

*
**

Le jour vient à peine de pointer le bout de son nez que Louise est déjà debout. Sur la pointe des pieds, afin de ne pas réveiller Jules, la jeune fille a récupéré ses vêtements déposés près de son lit, puis elle s'est habillée en toute hâte. Excitée à l'idée d'aller nettoyer les pierres encore enveloppées de papier journal.

Alors qu'elle s'apprête à baisser la poignée de la porte, une main tire sur ses vêtements et la fait sursauter.

– Ju' ! 'u m'as fait peu' !

– Tant mieux ! réplique son petit frère. Ça t'apprendra à me laisser tout seul, toute la journée ! Tu es rentrée super tard et… tu… tu…

Étranglé par l'émotion qui l'envahit, Jules s'éloigne en courant et plonge sous sa couette. De petits soubresauts trahissent alors l'immense chagrin qui le secoue.

– Qu'est' qui ne va pas ? demande Louise. Qu'est' qui' y a ?

– Hufhufhufhuf… sanglote Jules en tentant de contrôler sa respiration. Lai… Hufhufhuf… laisse-moi ! Hufhufhuf…

Louise l'attire contre elle. Puis, tandis que son frère pleure dans ses bras, elle lui caresse tendrement les cheveux.

– Qu'est' qui' y a ? demande-t-elle de nouveau, en essuyant les larmes ruisselant sur les joues du garçon.

– Hufhufhuf… C'est toi ! Hufhufhuf… Tu ne joues plus avec moi ! Hufhufhuf… Tu es toujours avec l'autre, là ! Hufhufhuf… Ce grand gorillier !

– 'érôme ?

– Tu en connais un autre ? Hufhufhuf… Tu passes ton temps là-bas ! Et moi, tu m'as jeté comme une vieille chouquette !

– Chouquè' ? répète Louise, en souriant de la méprise de Jules.

– Oui ! Je te déteste ! Et, en plus, ça te fait rire !

Louise comprend en cet instant que, tout au bonheur d'être avec son ami, elle a délaissé sa famille. Un sentiment inexplicable de malaise l'envahit aussitôt et elle se sent tout à coup coupable d'avoir été aussi heureuse. Et d'avoir égoïstement aimé ça.

Aujourd'hui, elle devait retourner au parc avec Jérôme. Mais elle ne s'en sent désormais plus le droit. Alors, c'est décidé : elle passera la journée auprès des siens et se consacrera prioritairement à son petit frère. Même si elle doit aller extirper des vers dégoûtants dans le fumier ou faire des bâtons de sucettes avec des toiles d'araignée.

– Je vais rester avec toi aujourd'hui et on va passer toute la journée ensemble, signe-t-elle. Ça te dit ?

– Pour de vrai ?

– Promis.

– Alors, pourquoi tu te lèves si tôt ?

– Pour nettoyer mon trésor.

– Ton trésor ?

– Oui ! Habille-toi vite ! Je vais te montrer un secret.

Excité par la nouvelle, Jules bondit de son lit et, heureux de partager avec sa sœur un moment qui s'annonce des plus excitants, il enfile en toute hâte son pantalon par-dessus son pyjama.

– Tu as trouvé un coffre de pirates ? demande-t-il, en mettant son pull à l'envers, l'étiquette s'affichant fièrement devant son cou.

– Tu crois vraiment que des bateaux sont arrivés jusqu'ici ?

– Bé oui ! répond Jules, après avoir marqué un petit temps de réflexion. Il y avait bien la mer ici, non ? C'est papa qui l'a dit l'autre jour quand on a trouvé un fossile près d'un lac. Il a dit qu'ici, avant, c'était la mer, puis les montagnes ont poussé et le fond de l'océan s'est retrouvé tout en haut ! Alors, moi je pense que les bateaux de pirates ont été bloqués sur les glaciers. C'est évident !

– Haha ! Je ne suis pas sûre, non ! Les pirates n'existaient pas il y a plusieurs millions d'années !

– Qu'est-ce que tu en sais ? Tu étais là ? Non. Alors… Bon, tu me le montres, ce trésor ? !

*
**

Une demi-heure plus tard.

– Ouah, mais c'est magnifique ! s'exclame Myriam, la mère de Louise, en entrant à son tour dans la cuisine. D'où viennent ces pierres ?

– C'est moi qui les ai trouvées ! signe Louise, avec fierté. Dans la montagne, hier, avec Jérôme.

– Louise m'a donné celles-là ! triomphe Jules, en montrant plusieurs plaques séchant sur le rebord de l'évier.

Puis il en saisit une et se déplace en imitant Gollum, le Hobbit du *Seigneur des anneaux*.

– Mon précieux... mon précieux... Hahaha ! Je vais commencer une collection de pierres !

– Et tes insectes ? demande Myriam, qui serait ravie de ne plus voir toutes sortes de bestioles traîner un peu partout.

– Je continue aussi, bien sûr ! Je les mettrai sur les étagères de votre chambre ! Il y a plein de place !

Une fois toutes les pierres lavées, Louise et Jules vont ensuite disposer les cristaux sur du papier journal, face au soleil levant.

– Elles vont mieux sécher ainsi, signe Louise. Et puis, elles ont été enfermées depuis si longtemps qu'elles vont apprécier de voir la lumière du jour !

– Papa et maman ont prévu d'aller pique-niquer au lac d'Estom, près du refuge. Tu vas venir avec nous ?

– Bien sûr ! Je t'ai dit que je passais la journée avec vous.

– Tu ne vas pas au parc ? C'est sûr ? Ouais ! Génial ! Je vais dire à maman de te préparer des sandwichs... Tu ne lui diras pas que je te l'ai dit, mais elle va être super contente. Elle aussi elle était un peu triste de moins te voir.

Tout en faisant des signes de triomphe, Jules s'éloigne en sautillant de joie.

*
**

En attendant le départ, Louise vagabonde dans le jardin. À cette période de l'année, la nature s'éveille tout autour d'« Isaby » et les fleurs sauvages tapissent le sol de la petite futaie attenante au jardin. Alors que la jeune fille compose un bouquet pour sa mère, en faisant de petits entrechats sur la pointe des pieds, elle est surprise par l'arrivée de Jérôme.

– 'e ne t'a-vais pas en-ten-du, articule-t-elle du mieux qu'elle peut.

– Je viens de voir Jules, répond le jeune homme, après lui avoir fait la bise. Il m'a dit que tu ne venais pas au parc aujourd'hui. C'est vrai ?

– Oui. 'e suis dé-so-lée… 'e vais re-ster un peu a-vè ma fa-mi.

– Pas de problème, Louise. Je comprends très bien… Vous allez à la Fruitière, m'a dit Jules. J'adore cet endroit. C'est vraiment magnifique.

– 'omment va 'iko ?

– Je… ça va. Elle…

– 'est sû ' ? s'inquiète aussitôt Louise, ses sens exacerbés en éveil.

– OK, autant que tu le saches. Kiko a encore été agressée par Také. Du coup, papa et ses collègues l'ont isolée du groupe. Elle est désormais dans un petit enclos à part.

Louise couvre sa bouche avec ses mains.

– Ne t'inquiète pas, essaie de la rassurer Jérôme. On va bien s'en occuper. Elle sera mieux comme ça, à l'écart du clan. Tu sais, parfois, certains gorilles ne sont jamais acceptés par le Silverback. Dans la nature, elle pourrait facilement retrouver un mâle qui la prendrait dans son harem, car il n'est pas rare que les dominants aient plus d'une dizaine de femelles. Mais là, elle va devoir vivre seule pendant quelque temps.

Jérôme tourne la tête vers la voiture qui attend un peu plus loin.

– Bon, il faut que j'y aille. Papa s'impatiente. À demain ?

– Oui, répond simplement Louise, encore perturbée par ce qui est arrivé à Kiko.

– Ne t'inquiète pas, ajoute Jérôme en embrassant de nouveau la jeune fille sur la joue. On va bien s'en occuper.

*
* *

Pendant tout le trajet qui les mène au parking de la Fruitière, près de Cauterets, Louise n'a cessé de penser à la femelle gorille. Elle se sent si proche d'elle, et elle imagine tellement le mal-être que celle-ci doit ressentir.

Longtemps, elle s'était répété que si on enlève le « i » de Louise, ça fait « Louse ». Comme *lose*, en anglais. Ce que ne se sont d'ailleurs pas privés de lui balancer à plusieurs reprises certains élèves de son collège. *Loseuse*. Comme *la perdante* qu'elle a longtemps cru être. Car elle avait fini par le croire. Comme ces victimes de violences qui sont persuadées qu'elles l'ont certainement mérité, et que ce qui leur arrive est donc de leur faute.

Malgré tout, jour après jour, elle a surmonté les difficultés et a fini par avoir de plus en plus confiance en elle. Oh, elle sait bien qu'il en faut parfois peu pour que le doute la submerge de nouveau. Mais elle a posé suffisamment de pierres pour que son édifice tienne désormais debout, et qu'il ne soit plus un simple château de sable à la merci de la première vague.

Elle en fera de même pour Kiko ! La femelle gorille ne sera pas une « loseuse » ! Elle fera tout pour l'aider à reprendre sa place au milieu du clan. Foi de Louise !

La journée s'annonce magnifique, un soleil généreux inondant la verdoyante vallée du Lutour que dominent les près de trois mille mètres du pic de Labas. Cette balade est l'une des préférées de Louise, avec son sentier longeant le torrent, la verdure omniprésente et les nombreuses cascades animant le paysage. Les cinq kilomètres sont avalés en à peine une heure trente et, après une dernière montée très raide vers le refuge, la jeune fille et sa famille arrivent à destination. Là, alors que Myriam et Jean se posent pour lire un peu, Louise et son petit frère s'éloignent sur les pourtours du lac d'Estom.

– À quoi tu penses ? demande Jules. Tu n'as presque rien dit depuis qu'on est partis de la maison. Tu penses aux gorilles, c'est ça ?

– Oui, signe Louise. C'est surtout une femelle qui m'inquiète. Elle s'appelle Kiko et est rejetée par les autres. Le chef des gorilles est même méchant avec elle.

– Un peu comme à l'école, quoi… Moi, il y a Théo, il arrête pas de me chercher.

– Qui est Théo ?

– C'est un CM2 qui a redoublé au moins dix fois et qui est costaud comme un ours. Il n'arrête pas de faire sa loi et, comme je lui ai répondu un jour, eh bien maintenant il m'embête dès qu'il me voit.

– Tu l'as dit à ton institutrice ?

– Oui, mais elle n'a rien fait. Elle a dit que j'exagère. Et puis, de toute façon, elle s'en fiche. Quand il y a des petits qui se font embêter dans la cour, elle est toujours occupée à faire autre chose. Moi, je suis sûr qu'elle sait très bien ce qui se passe, mais qu'elle fait comme si elle ne voyait pas. Pour ne pas avoir de problèmes.

– Comment ça ?

– Bé oui. Elle ne veut pas se fâcher avec les gros durs de l'école. Pour pas qu'ils l'embêtent pendant ses cours ensuite. Elle fait la fayotte avec eux.

– Alors, tu n'as qu'à le dire à papa !

– Mais si je lui dis, il va répondre qu'il ne faut pas se battre et patati et patata… Mais moi, je sais très bien que les paroles ne servent à rien. Théo, il n'écoute pas ce qu'on lui dit. Lui, il parle avec ses poings.

– Je vais aller le voir, moi, si tu veux.

– Euh… Non, je ne préfère pas, répond Jules en baissant la tête.

Ce qui ne manque pas de faire réagir Louise.

– Pourquoi ? Tu ne m'en crois pas capable ? Ou… ou… ou tu as honte de moi ? C'est ça ?

Jules fait signe que non de la tête.

– Alors, où est le problème ?

– Quand tu vas parler, il va se moquer de toi. Et ça, ça me rend triste.

– Qu'il essaie un peu, pour voir !

– Il le fera. Je le connais… Alors, je préfère que tu ne fasses rien. Il ne reste plus que deux mois à tenir et ce sera la fin de l'année. D'ailleurs, il m'embête de moins en moins car je ne l'intéresse plus. Et l'an prochain il sera au collège.

– OK, comme tu veux. Mais, si jamais il te frappe, je te jure que ça va chauffer !

Jules sourit puis, après un petit temps de réflexion, il reprend la parole.

– Tu comptes faire la même chose pour Kiko ? Aller casser la figure au chef des gorilles ?

– Haha ! Non, signe Louise. Évidemment que je ne peux pas ! Ni même lui parler. Cet idiot ne connaît pas la langue des signes !

– Comme Théo ! C'est un imbécile, lui aussi.

Jules crache sa colère par terre et balance une pierre de toutes ses forces contre un arbre, comme s'il s'agissait de son pire ennemi.

– En revanche, reprend Louise, je compte bien parler avec Kiko.

– Comment ?

– Je vais lui apprendre la langue des signes !

– N'importe quoi !

– Je suis sûre que c'est possible. Je l'ai vu dans son regard. On est pareilles, toutes les deux. On se comprendra.

– « Louise, la collégienne qui parle aux gorilles » ! Krr-krr-krr… Ça pourrait faire un film !

– Je ne vois pas ce qu'il y a de drôle, se vexe la jeune fille. Tu verras, je suis certaine que je vais réussir !

– OK ! Tu paries quoi ?

Louise réfléchit quelques instants, puis un sourire illumine son visage.

– On va revenir ici cet été. Si je n'y parviens pas avant la fin du mois d'août, je te donnerai ma collection de figurines de *Star Wars*.

– Ouais ! Génial ! Mais, euh… si je perds ?

– Tu me feras juste un gros bisou.

– C'est… c'est tout ?… Elle est où, l'arnaque ?

– Il n'y a pas d'arnaque.

– Eh bé, tu es vraiment nulle en négociation, conclut Jules en se précipitant sur le bord du lac où est apparu un petit poisson. Quand je dis que tu n'as pas intérêt à aller parler avec Théo… Il te massacrerait !

CHAPITRE J

Le soir, de retour à « Isaby », une lettre attend sur le pas de la porte.

– Louise, annonce Myriam, en découvrant l'enveloppe. Je crois que c'est pour toi.

– Oh oh, s'exclame Jean, avec un grand sourire et en lissant sa moustache. On dirait bien que Jérôme est passé par là !

– Elle est amoureuseuuuuu ! raille Jules, en bondissant tout autour de sa sœur, tel un Indien autour d'un totem. Elle est amoureuseuuuuu ! Haha !

Après avoir jeté un regard noir à son frère, Louise se précipite dans sa chambre et se jette sur son lit.

Là, bien calée entre deux énormes coussins, le cœur battant, elle décachette l'enveloppe.

Louise,

Tout d'abord, sache que Kiko va bien !

J'ai parlé de nouveau à papa de ton idée d'essayer de communiquer en langue des signes avec elle.

Il est d'accord pour que tu essaies.

On passe te chercher demain matin à 8 heures.

Un gros, mais alors, un GROS bisou !

J'ai hâte de te revoir !

Jérôme

P.-S. : Je sais que tu culpabilises de laisser ton petit frère à la maison. Dis-lui de venir avec nous. Papa est d'accord.

*
**

Le lendemain matin.

– Mmmm… grogne Jules en entrouvrant les yeux, alors que Louise vient de le réveiller.

– Je me prépare pour aller au parc, signe Louise.

– M'en fiche, répond Jules avant de relever la couette et de tourner le dos à sa sœur. Le parc, c'est nul !

Louise lui tape plusieurs fois sur l'épaule.

– Pff… quoi encore ? râle le jeune garçon.

– Ça te dirait de venir avec moi ?

– Hein ? sursaute Jules, en se redressant d'un bond.

– Papa et maman m'ont donné leur accord hier soir. Mais tu peux rester là, si tu préfères…

– Tu aurais pu me le dire avant !

– Et tu n'aurais pas fermé l'œil de la nuit ! Je te connais ! Tu aurais été tout énervé.

– Mouais… admet Jules, avant d'afficher un grand sourire.

Sans attendre, il bondit de son lit et attrape ses vêtements. Puis, en moins de temps qu'il ne faut pour le dire, il enfourne quelques objets dans son sac à dos.

– Je suis prêt ! annonce-t-il fièrement, un magnifique épi dressé sur le côté de sa chevelure dorée.

– Pas moi ! réplique Louise à son frère, qui se tient bien droit devant elle, tel un soldat prêt à partir au combat.

– Pff, la salle de bains, je parie…

– Ça aurait été pas mal que tu y passes aussi, réplique Louise, en pointant du doigt les cheveux rebelles de son frère.

Jules jette un œil au grand miroir fixé au mur.

– Pff, je m'en fiche ! commente-t-il en haussant les épaules. Je ne suis pas amoureux des gorilles ! Ni des goril-liers ! Krr-krr-krr… Pas comme une certaine que je connais ! Haha !

– On n'est pas amoureux ! C'est juste qu'on s'aime bien.

– Krr-krr-krr…

– D'ailleurs, ne te moque pas de Jérôme car c'est lui qui a proposé que tu viennes aujourd'hui. Parce qu'il a compris que ça me fait de la peine de te laisser seul toute la journée.

Jules regarde sa sœur quelques instants, sans rien dire.

– Ça me fait très plaisir, ce que tu me dis là, murmure-t-il. Je pensais que tu t'en fichais de moi.

– Mais non, gros bêta ! C'est tout le contraire ! réplique aussitôt Louise, en le serrant contre elle. 'e t'ai-me, 'etit f'ère.

***

Une demi-heure plus tard, tandis que le puissant 4 x 4 s'enfonce dans la forêt, Louise et Jules, installés à l'arrière, échangent en langue des signes.

– Pourquoi tu n'as pas apporté ton tableau blanc ? demande Jules.

– Parce que je compte sur toi pour être mon interprète officiel, répond Louise en souriant.

Fier de la confiance que sa sœur lui accorde, Jules se redresse dans son siège et affiche un grand sourire de satisfaction.

– Chouette ! dit-il. On va faire une super équipe !

– Et on va apprendre la langue des signes aux gorilles.

– Pff, krr-krr-krrr… Hahaha ! éclate de rire Jules, en appliquant ses deux mains sur le dessus de son crâne, comme si cette annonce lui paraissait l'un des projets les plus insensés qu'il ait jamais entendus.

– Je suis persuadée qu'ils peuvent apprendre ! Tu as bien réussi, toi…

– Mais moi, je ne suis pas un singe, marmonne Jules, qui n'a pas compris la plaisanterie. Remarque, ça peut être génial si ça marche. Comme ça, ils vont pouvoir nous expliquer tout ce qu'ils pensent et ça pourra faire un reportage dans une de mes revues sur les animaux !

– On verra ça ! s'amuse Louise.

– Mince, j'aurais dû apporter un appareil photo !

Après avoir franchi le portail d'entrée, la voiture serpente encore quelques instants sur le petit chemin de terre, avant de s'arrêter près du chalet, quartier général des vétérinaires. Une fois à l'intérieur, Jules observe avec de grands yeux ronds les différents affichages et les objets divers éparpillés un peu partout sur les tables.

– Quand je pense que maman dit que ma chambre est mal rangée… signe-t-il à Louise. Je crois qu'elle devrait venir ici.

Le père de Jérôme pose son sac à dos sur une pile de revues spécialisées dans les soins vétérinaires, puis il invite Louise et Jules à s'asseoir. Le jeune garçon pousse le chat qui faisait sa sieste sur la chaise qu'on lui a désignée, tandis que Louise retire la paire de bottes qui est sur la sienne.

– Louise, j'ai bien réfléchi à ta proposition concernant la langue des signes, dit André. Si, au départ, j'étais plutôt réticent, j'ai étudié la situation et je pense que cela ne coûte rien d'essayer. Pour peu que les consignes de sécurité soient absolument respectées à la lettre. J'insiste là-dessus ! Après tout, qui ne tente rien n'a rien.

– Nous sommes face à une impasse au sujet de Kiko, reconnaît Ladislas, son collègue. Elle refuse de s'alimenter et s'isole de plus en plus. Pour la protéger, nous l'avons mise à l'écart. Mais, si cela lui assure une protection physique, le manque de relations avec d'autres individus semble profondément l'affecter. Kiko ne nous prête désormais plus aucune attention. Elle semble même nous repousser, un peu comme si elle nous jugeait responsables de la situation… Il y a désormais urgence car elle est très affaiblie. Si Kiko ne s'alimente pas dans les vingt-quatre heures, nous allons être obligés de la mettre sous perf.

– C'est quoi ? demande Jules.

– Ça veut dire qu'on va être obligés de lui donner de la nourriture avec ça, explique Romario en montrant une poche de perfusion.

– Krr-krr-krr… Elle va devoir manger avec une paille ? s'étonne Jules, en remarquant le tuyau relié à la poche.

– Haha, non ! éclate de rire Ladislas. En fait, on met une aiguille au bout et on la plante dans le gorille. Et la nourriture va alors directement dans son corps.

– Heinnnnn, ça se peut pas ! réagit Jules.

– Si, c'est vrai, signe Louise. C'est comme un médicament qu'on injecterait avec une piqûre. Sauf que, comme il en faut beaucoup et que ça ferait trop d'un coup, ça ne coule que tout doucement dans le corps.

– Mais, les bananes ne passeront jamais !

– Hahaha ! rigole Romario. Mais, qui t'a parlé de bananes ? On ne donne pas de la vraie nourriture par cette poche.

– Vous lui donnez quoi, alors ? Ça ? dit Jules en montrant le liquide transparent contenu dans une autre poche.

– Oui, acquiesce Romario. On pique l'aiguille dans une veine du bras et…

– Quoi ? Dans le bras ? Mais, c'est pas par là qu'on mange !

– Tu sais, les médicaments ne passent pas toujours par la bouche ! explique le vétérinaire.

– Ça, je sais… déplore Jules, en grimaçant. J'ai déjà testé les suppositoires.

– Eh bien voilà. C'est pareil !

– Ah bon ? Ça existe, des suppositoires de nourriture ?

– Arrête avec tes questions, intervient autoritairement Louise.

Vexé, Jules croise les bras et ne dit plus rien pendant le reste des explications. Toutefois, au moment de sortir de la pièce, André s'adresse de nouveau à lui.

– C'est bon, Jules ? Tu as tout compris ?

– Moi, je ne veux pas que vous fassiez des piqûres à Kiko, ni que vous lui donniez des bananes en suppositoire. Alors, avec Louise, on va vous montrer qu'elle peut manger par la bouche !

CHAPITRE K

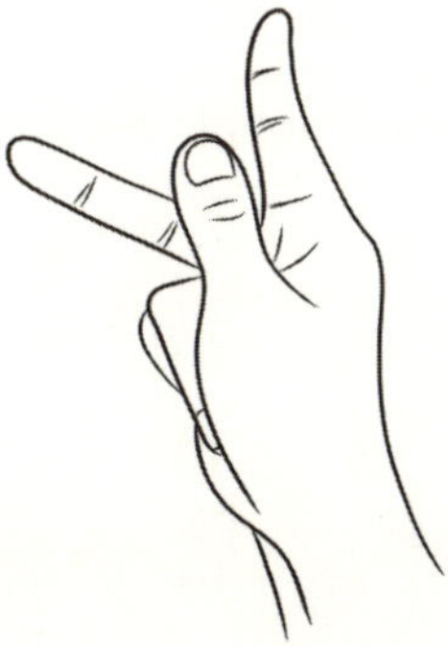

Kiko a été isolée dans une cage.

Dos à la grille, elle refuse toujours de répondre aux sollicitations des vétérinaires.

– 'iko… 'iko… répète Louise du mieux qu'elle peut.

N'obtenant pas, elle non plus, la moindre réaction du gorille, elle se tourne vers son frère.

– Peux-tu leur dire de partir ? signe-t-elle. Je voudrais rester seule avec Kiko.

– Et moi ?

– Toi aussi, je préférerais que tu t'éloignes.

– Pff... souffle Jules en croisant les bras.

– S'il te plaît, Jules. Je voudrais que Kiko soit rassurée. Moins il y aura de personnes et mieux ce sera. Aide-moi. Dis cela pour moi, s'il te plaît... Je te promets que dès que Kiko sera en confiance, tu seras le premier que je ferai venir.

– Promis ?

– Promis.

Une fois tout le monde à l'écart, Louise appelle de nouveau la femelle.

– 'iko... murmure Louise. 'iko... Viens 'iko... 'ules, 'e sais 'e tu es là !... 'ules !

– Pff, souffle son petit frère en sortant d'un buisson. Les filles, vous avez des yeux « dans le derrière de la tête » ou quoi ? !

Louise, les sourcils froncés, lui indique de l'index la direction à prendre et, tout en maugréant, Jules se résout à s'éloigner de sa sœur. La jeune fille s'adresse alors de nouveau au grand singe.

Au bout de longs instants, la femelle gorille se retourne enfin. Impassible, elle fixe la jeune fille qui lui tend les bras et lui fait signe de s'approcher, multipliant les gestes et les murmures qu'elle veut les plus rassurants possibles.

– 'iko, dit Louise en montrant la femelle, avant de pointer le doigt sur elle-même tout en énonçant son prénom. 'ou-ise… 'iko… 'ou-ise…

Le gorille suit attentivement du regard les mouvements de main qu'accompagnent les intonations de la jeune fille. Celle-ci saisit alors une banane et la montre au gorille. De l'autre main, elle signe l'action de manger en mimant avec sa bouche comme si elle engloutissait quelque chose, juste avant que ses doigts ne s'approchent de ses lèvres.

– Banane Toi Manger Obliger, signe-t-elle à plusieurs reprises[3].

3. En LSF (langue des signes française), le verbe reste à l'infinitif et la conjugaison s'effectue en fonction de la ligne du temps, perpendiculaire à celui qui signe (le passé : derrière son épaule ; le présent : au niveau de son corps ; le futur : devant).

Louise épluche le fruit et en coupe un bout.

Puis elle fait de nouveau le signe de manger et apporte le morceau à sa bouche avant de l'engloutir.

– 'ouise… man-er ba-na… dit-elle avant de couper un nouveau morceau. 'iko man-er ba-na… 'iko… man-er…

Louise tend alors la portion à Kiko.

Celle-ci hésite un long moment, son regard allant du visage de Louise au morceau de banane.

– 'iko man-er, répète Louise en faisant le signe avec ses doigts.

Le gorille lève lentement son bras puis, tout en délicatesse, saisit le morceau de banane.

– Oui ! s'extasie Louise, tout en faisant de nouveau le signe. 'iko man-er ! Man-er !

Lorsque Kiko avale le bout de banane, Louise en profite pour essayer de faire comprendre à la femelle le rapport avec l'action qu'elle vient de faire.

– Bi-en ! se réjouit la jeune fille portant la main devant sa bouche, avant d'écarter les doigts tel un feu d'artifice.

Kiko engloutit deux nouvelles bouchées, avant de retourner dans le fond de sa cage.

– C'est un bon début, observe de loin le père de Jérôme. Je ne sais pas si Kiko a compris quelque chose mais, en tout cas, elle a avalé un peu de nourriture.

– Vous voyez ! Pas besoin de vos piqûres ! triomphe Jules dans un grand sourire. Ni de vos suppositoires !

*
**

Peu de temps après, dans le bureau des vétérinaires.

– C'est très encourageant ! s'enthousiasme André.

– Prometteur, effectivement, appuie Ladislas. Visiblement, Kiko se sent vraiment en confiance avec Louise.

– C'est carrément génial, oui ! s'extasie Jérôme, en tapotant les épaules de son amie.

– Je la trouve très intelligente, signe Louise à son frère, avant que celui-ci ne traduise au groupe. C'est incroyable. Je vais apprendre à Kiko quelques signes de base pour commencer. Manger, boire… Tout ce qui est essentiel à sa santé.

– Il faut que tu saches que les gorilles ne boivent jamais, dit Romario.

– Quoi ? s'étonne Jules. Mais, c'est pas possible ! Vous avez vu comme ils sont gros ? Si c'était vrai, ils seraient tout secs !

– Ils n'ont pas besoin de boire, confirme le père de Jérôme. Les gorilles mangent tellement de végétaux qu'ils trouvent l'eau dont ils ont besoin dans leur nourriture. C'est pour cela qu'il faut qu'ils mangent beaucoup pour être en bonne santé. Ils doivent prendre trois gros repas principaux, plus quelques collations.

– Un peu comme moi ! réagit Jules. Sauf que maman, elle ne veut pas que je mange entre les repas. Il faudrait lui expliquer que les gorilles, eux, ils le font bien !

– Manger est un événement qui compte énormément dans la journée d'un gorille, confirme André. Comme le sommeil. Ils dorment entre dix et quatorze heures par jour.

– La chance ! s'exclame Jules. En fait, ils ne font que manger, dormir et s'amuser dans la forêt ! C'est trop cool !

Moi, j'aurais bien aimé être un gorille ! Si possible un « Slip vert Black ».

– Haha ! Silverback ! corrige Romario. Silverback !

Jérôme prend la main de Louise et lui fait signe de le suivre. Ce que ne manque pas de faire également Jules.

– Nous allons préparer un repas plus conséquent pour Kiko, explique-t-il. Et Louise, dans une petite heure, ira le lui apporter. En espérant que Kiko acceptera d'en avaler une bonne partie.

Aidés de Jules, Louise et Jérôme s'activent alors à sélectionner et à découper des poivrons, du céleri-branche, de la salade et des bananes.

*
**

Lorsque Louise approche avec un premier panier de victuailles, Kiko est tapie dans un recoin de sa cage. Dès qu'elle la voit, la femelle vient s'installer près de la grille.

– 'iko… 'ouise re-ve-nue… pou' 'iko…

Louise imbrique alors ses deux mains l'une dans l'autre en signe d'amitié.

– 'iko man-er… man-er…

La jeune fille tend les premiers morceaux de poivrons, puis quelques branches de céleri. Face à elle, Kiko accepte chaque offrande et la mâche consciencieusement. Après chaque nouveau morceau, Louise signe le mot « encore », en tapotant le bout de ses doigts contre la paume grande ouverte de l'autre main. Rapidement, le premier panier est vide, et Louise fait signe à Jules d'approcher d'autres nourritures.

– Pfffiou… C'est lourd, murmure celui-ci, avant de s'adresser au gorille. Mais c'est du bon miam-miam !

Impassible, Kiko ne jette même pas un œil au garçon.

– Bé dis donc, cache ta joie ! réagit Jules. On dirait que manger beaucoup de légumes ça ne donne pas bon caractère !

CHAPITRE L

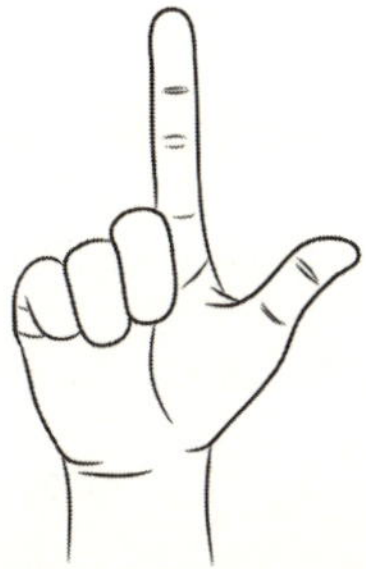

Trois jours plus tard.

Kiko va beaucoup mieux. Chaque jour, elle attend patiemment, les mains serrant les barreaux et le visage contre la grille, que son amie humaine lui rende visite. Dès que Louise se trouve à portée de main, elle tend le bras et resserre ses doigts sur ceux de la jeune fille. Une façon de dire bonjour qu'elles considèrent désormais toutes les deux comme un rituel incontournable.

En quelques jours, Kiko a acquis plusieurs signes. Ils sont exclusivement en rapport avec des actions concrètes telles que manger ou dire bonjour. Pour tout ce qui concerne l'abstrait, Kiko ne montre aucun signe de compréhension. Être content, triste ou en colère, par exemple, ne signifie rien pour la femelle gorille. Ou tout du moins, elle ne fait aucun lien entre le ressenti et le signe correspondant. Et cela n'est pas étonnant. Car le père de Jérôme s'est renseigné au sujet des expérimentations déjà menées à travers le monde avec les grands singes. Si certains parviennent à acquérir des dizaines de signes, rares sont ceux qui peuvent vraiment tenir ne serait-ce qu'un début de conversation. En tout cas, il en ressort systématiquement que le chemin est long et nécessite des années de travail, dans un total climat de confiance.

– Je pense que Kiko a déjà été en contact avec la langue des signes lorsqu'elle était petite, dit André. Certainement avec l'un des gardes du parc. Louise fait donc éclore la petite graine qui avait été semée. Ce qui est frustrant, c'est que Louise va repartir chez elle dans quelques jours. Tout cela risque donc de n'avoir été qu'un coup d'épée dans l'eau.

– Kiko va mieux, oppose Jérôme. Cela n'aura donc pas été inutile.

– C'est vrai, tu as raison. Mais j'espère juste que le départ de Louise n'entraînera pas un nouveau repli, et donc une rechute de Kiko… Qui pourrait même la mener à une dépression encore plus grave.

– Louise m'a dit qu'elle reviendra un week-end au cours du mois de mai, puis de nouveau en juin.

– Mais cela suffira-t-il ? D'ailleurs, comment expliquer à Kiko que son amie reviendra ? Quelle notion du temps a-t-elle exactement ? Difficile de prédire la manière dont elle va vivre la séparation.

– Je vais en parler avec Louise. Peut-être pourrai-je prendre le relais, le temps de ses absences ? Depuis deux jours, je peux être dans le champ de vision de Kiko sans que cela la perturbe. Je dois rester à distance, certes, mais cela n'altère pas la confiance installée entre elle et Louise. Alors, je vais demander à Louise si je peux me rapprocher encore plus de la grille. Et essayer de nourrir Kiko. Jules y est bien parvenu.

– Je voulais justement t'en parler, dit le père de Jérôme. Je me suis fait la même réflexion. Kiko doit avoir une pleine confiance en son soigneur. Et, en l'absence de Louise, je pense également qu'il faudrait que ce soit toi. Pour peu qu'elle veuille bien t'accepter. Parce que depuis les agressions dont elle a fait l'objet de la part de Také, elle est devenue très exclusive dans ses relations. Concernant Jules, je pense que si elle le tolère, c'est parce que c'est un enfant. Cela risque d'être différent pour toi. Je ne serais pas surpris qu'elle te considère comme un adulte. Un peu comme un mâle dominant… La façon dont Louise va t'amener à Kiko va donc être primordiale. Cela va être important également que tu montres une totale soumission au gorille.

Louise, qui se trouve déjà depuis plus d'une heure avec Kiko, revient à la cabane chercher un nouveau panier de victuailles.

Assis sur un gros caillou, Jérôme, qui attendait patiemment sa venue, lui fait un signe de la main qu'il accompagne d'un sourire qu'il essaie d'afficher le plus naturel possible.

– Quelque chose ne va pas ? demande-t-elle en écrivant sur son tableau blanc.

– Non… Euh… Bon, OK, capitule aussitôt Jérôme, conscient qu'il est vain d'essayer de cacher quoi que ce soit à son amie. C'est Kiko. Je viens d'en parler avec papa. Tu vas bientôt partir et cela l'inquiète. Il a peur qu'elle ne supporte mal ton départ et qu'elle refuse de nouveau de s'alimenter.

– J'y ai pensé également, écrit Louise sur son tableau.

– Papa souhaite que je prenne le relais. Mais, pour cela, il faudrait que Kiko accepte que je sois à tes côtés ces jours-ci. Et que je puisse m'occuper d'elle avec toi.

Visiblement contrariée, Louise rassemble des fruits et légumes dans le panier sans jeter le moindre regard à son ami. Au bout de quelques instants, n'y tenant plus, celui-ci lui attrape le bras. En prenant garde de le faire délicatement afin de ne pas l'effrayer.

– Qu'est-ce qui te dérange ? demande-t-il.

– 'ien.

– Attends, je vois bien que cela te gêne. Comme si tu étais jalouse que quelqu'un d'autre puisse être apprécié par Kiko. Tu sais, j'ai remarqué que tu ne penses plus qu'à elle. On ne se parle presque plus. Tu passes tes journées avec elle, et tu m'ignores pendant la majeure partie de la journée.

– Kiko a besoin de moi, écrit Louise. C'est tout.

– Et moi ? Moi aussi, j'ai besoin de toi.

– 'est juste 'u es 'aloux.

– Je suis surtout triste, Louise. Je pensais qu'on était… Enfin, je… je pensais que quelque chose de fort se construisait entre nous.

– Qui t'a dit que ce n'est pas le cas ? écrit la jeune fille.

– Tu passes tout ton temps avec Kiko ! Et le peu de temps qu'on passe ensemble, c'est pour parler d'elle. Tu ne penses qu'à ça ! Kiko, Kiko, Kiko !

Sans rien ajouter, Louise, très agacée, saisit l'un des deux paniers restants et repart vers la cage de la femelle. Énervé, Jérôme la rattrape aussitôt.

– Je ne compte donc pas pour toi ? lance-t-il.

– A’ête, réplique Louise.

– Je ne compte pas plus qu’un singe ?

– A’ête.

– En fait, tu te fiches pas mal de moi. Je me demande même si je ne suis pas le prétexte pour que tu puisses venir ici !

Louise fixe le jeune garçon de ses grands yeux verts, et le dévisage quelques instants, la gorge serrée.

– ’u dis ’impo’te quoi.

– Oui, c’est ça ! Tu m’utilises pour…

Les larmes aux yeux, Louise s’enfuit en courant.

*
**

En fin de journée, lorsque Louise revient au bureau après de longues heures passées auprès de Kiko, Jérôme n’est pas là. Son père lui explique qu’il est rentré seul chez lui, à pied.

– Vous vous êtes fâchés, c’est ça ? demande-t-il.

– Oui, un peu, écrit Louise, les yeux humides.

– Vous avez parlé de Kiko ?

– Oui.

– Il t'a expliqué ? Il t'a dit notre préoccupation au sujet de ton départ ?

– Oui.

– Et alors ?

– Je vais lui apprendre à communiquer avec Kiko.

– À la bonne heure !

André remarque alors que Louise vient d'essuyer la larme qui naissait sur le côté de son œil.

– Lui aussi est triste, dit André. Il tient beaucoup à toi, tu sais.

Louise acquiesce d'un signe de la tête.

– Auriez-vous une feuille de papier et une enveloppe, s'il vous plaît ?

CHAPITRE M

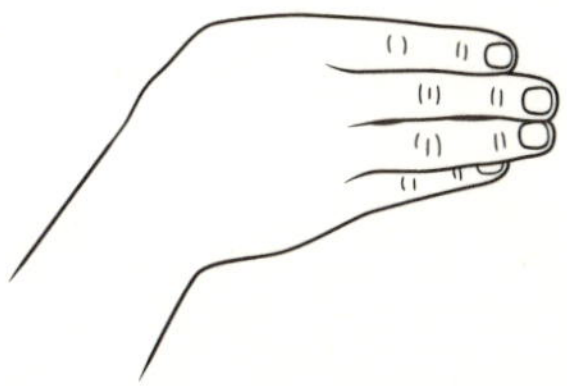

Le soir venu, alors que la famille s'apprête à dîner, le père de Louise aperçoit par la fenêtre quelqu'un qui approche de la maison.

– Jérôme arrive, signale-t-il à Louise, assise à table.

– Je peux y aller ? signe-t-elle.

– Oui, mais ne traîne pas, répond sa mère. Déjà qu'on ne te voit plus dans la journée…

– Ça c'est vrai ! confirme Jules. Tu es tout le temps avec les gorilles. Si ça continue, tu as des poils qui vont pousser partout et tu vas marcher à quatre pattes !

Louise sort de la maison et rejoint Jérôme qui l'attend à quelques mètres de là. Ne sachant pas quoi dire, celui-ci lui adresse un sourire crispé et baisse la tête. La jeune fille s'approche alors de lui et lui prend la main. Puis elle l'entraîne auprès d'un gros tronc d'arbre couché, sur lequel ils s'assoient.

– 'e m'ex-cuse, murmure Louise. 'e…

– J'ai lu ta lettre, coupe Jérôme, troublé. J'ai… j'ai été très touché. J'ai… j'ai été ridicule.

– 'e…

– Non, attends. Laisse-moi te dire ce que j'ai sur le cœur. Tu sais, avant de te connaître, ma vie était très différente. Je vivais au jour le jour, entre mes copains, ma famille et mes petits plaisirs comme la recherche de cailloux ou les courses en montagne. Et j'étais très heureux comme ça. Et puis, tu es arrivée. Sans prévenir. Si lumineuse… Si rayonnante… Et tu as transpercé mon cœur à l'instant même où tu as posé les yeux sur moi. Lorsque j'ai appris que tu étais malentendante, j'en ai été profondément touché. D'une manière inexplicable. Un peu comme si on m'annonçait à moi-même que je le devenais. Et, au lieu que cela me fasse fuir, je n'ai eu qu'une envie : te revoir. Te protéger. C'est idiot, je sais. Mais, c'est ainsi… J'étais comme sur un nuage. C'est peut-être ce qu'on appelle un coup de foudre ? Et puis, on a appris à se connaître. Et plus les minutes passaient, et plus mon amour pour toi grandissait. Chaque minute, chaque seconde, tu occupais désormais mon esprit. C'est alors que tu as commencé à t'occuper de Kiko. Et par la même occasion à t'éloigner un peu de moi. Alors, j'ai eu peur de te perdre, Louise. Jusqu'à laisser éclater ma colère. Contre moi, qui étais incapable de te retenir. Contre Kiko, qui te volait à moi. Et contre toi qui trahissais tout ce qu'on avait commencé à construire ensemble… Cela me devenait de plus en plus insupportable de te savoir si proche et à la fois si loin de moi.

Jérôme lève la tête et regarde la jeune fille concentrée sur le mouvement de ses lèvres.

– Je ne peux plus me passer de toi, Louise.

La jeune fille lui prend les mains et lui sourit.

– ’oi au-ssi, murmure-t-elle tandis que les larmes coulent sur ses joues.

– Je sais, dit Jérôme. J’ai lu ta lettre. Et j’ai compris que j’avais été le roi des idiots… J’ai compris que tu donnais priorité à Kiko pour l’instant, en raison de son état de santé et de ton départ imminent. Que c’était juste une parenthèse dans notre relation. Et que nous avons toute la vie pour faire grandir notre amour. Je n’ai comme seule excuse que d’avoir eu vraiment peur de te perdre.

Louise caresse alors le visage de Jérôme, puis se penche vers lui, avant de déposer un baiser sur ses lèvres.

– M’acco’dez-vous cette danse ? demande-t-elle dans un grand sourire et en prenant les mains du jeune homme, avant de l’entraîner dans une valse tournoyante.

*
**

Vendredi matin.

Le soleil est radieux et Jules s’est levé de très bonne heure pour aller aux champignons avec son père. Lorsque Jérôme arrive, Louise est déjà dehors et, les yeux fermés, elle danse face aux sommets qui s'animent sous l'éclairage naissant du soleil. N'ayant pas entendu le véhicule arriver, la jeune fille sursaute lorsque Jérôme pose sa main sur son épaule. Puis le jeune garçon dépose un baiser sur les lèvres de son amie. Qu'elle est belle ! Et qu'il aimerait se perdre dans cette longue chevelure aux senteurs sucrées !

Main dans la main, ils rejoignent le véhicule. Jérôme monte à l'arrière, auprès de Louise.

– Tu as bien dormi ? demande-t-il.

– Oui, écrit-elle. J'ai rêvé d'un joli garçon.

– Et c'était qui ?

– Un certain Kevin.

– Tu plaisantes ?

– Non ! écrit Louise, avant d'éclater de rire.

Les deux amis parlent alors de Kiko. Et de la manière dont Jérôme va désormais accompagner Louise afin qu'une confiance durable s'installe entre le gorille et lui.

*
**

Au départ, conformément à ce qu'ils craignaient, Kiko est perturbée par la présence de Jérôme. Elle refuse même de s'approcher de la grille s'il se trouve à côté. Il faut alors qu'il s'éloigne pour que la femelle renoue le contact avec la jeune fille. Ce n'est qu'à force de patience et de multiples tentatives que Jérôme peut, petit à petit, se rapprocher de l'enclos.

Au bout de plusieurs heures, observé du coin de l'œil par Kiko, le jeune garçon peut enfin se tenir à moins d'un mètre de la cage. Louise, tout en rassurant la femelle gorille, prend alors son ami par la main.

– 'iko… 'é-rôme… a-mi… 'é-rôme… a-mi…

Le visage contre la grille, Kiko observe sans bouger les gestes lents de la jeune fille. Celle-ci tend sa main vers la femelle qui, à son tour, vient apposer ses doigts contre les siens. Puis la jeune fille prend la main tremblante de Jérôme et lui fait rejoindre les leurs.

– C'est notre façon de dire bonjour, explique Louise quelques instants après sur son tableau blanc. C'est notre manière de montrer qu'on a confiance en l'autre. Il faut absolument commencer chaque jour par cela. Kiko a besoin de rituels. Regarde bien comment et dans quel ordre je fais chaque geste.

Jérôme imite alors Louise et, à tour de rôle, ils donnent de la nourriture à Kiko.

– Si tu lui en donnes trop d'un coup, elle va la laisser tomber et ne s'en occupera pas, explique Louise. De la même manière, si tu lui poses au sol, elle ne la prendra pas. Elle tient à ce qu'on lui donne directement de la main à la main. Intelligente tient à ce lien amical.

– Intelligente ?

Louise fixe Jérôme, avant d'écrire de nouveau.

– Oui… En fait, pour tout te dire, j'ai donné mon propre nom à Kiko. Un réflexe de malentendante. Tu sais, chez les sourds, on nomme chaque personne par une de ses caractéristiques. Pas par le prénom que les entendants utilisent. Je l'ai appelée « Intelligente » car je trouve que ça lui correspond vraiment. C'est en effet incroyable comme elle apprend vite… Mais je continuerai de la nommer Kiko entre nous.

– Ça veut dire que moi, tu m'as également donné un nouveau nom ?

– Oui.

– C'est quoi ? !

– Gentil.

– Gentil ? !

– Oui. Tu as tellement bon fond et tu es tellement attentionné.

– Oh… C'est… Cela me touche beaucoup, rougit Jérôme.

– C'est normal.

– Pourquoi ?

– Parce que tu es gentil, justement !

– Haha ! éclate de rire Jérôme en se grattant la tête.

Louise se penche vers son ami et l'embrasse sur l'une de ses joues roses de confusion.

– Hum-hum… se racle la gorge Jérôme, avant de reprendre la conversation. Vous arrivez à parler un peu, avec Kiko l'intelligente ?

– Non, c'est très limité. Tu vois, elle fait le signe « encore » en tapotant ses doigts contre la paume de sa main, dès qu'elle veut d'autre nourriture. Et elle tapote son ventre pour dire que c'est bon. Mais ça se limite à ce type d'échanges. Même si je vois dans ses yeux qu'il y a tellement d'autres choses à partager… J'essaie de lui faire comprendre des notions comme « triste » et « heureux », mais c'est trop compliqué pour elle.

– Tu crois qu'elle va réagir comment quand tu vas partir ?

– Je ne sais pas. Je suppose qu'elle sera triste pendant quelque temps. Tout comme moi. Mais la différence, c'est que je sais que je reviendrai. Alors qu'elle, elle n'en aura pas conscience. Car je ne sais pas comment le lui expliquer.

– Vous partez quand, d'ailleurs ? C'est bien dimanche ?

– Oui.

– Je n'ai pas hâte.

– 'oi 'on plus, dit Louise, la gorge serrée.

Intriguée, Kiko fixe son visage.

Puis elle approche ses doigts et les pose sur les yeux humides de la jeune fille, avant de les porter à sa bouche pour en goûter la saveur.

– t'iste… explique Louise, en faisant le signe des larmes qui coulent. Pleu-er… 'ouise t'iste… Pleu-er…

CHAPITRE N

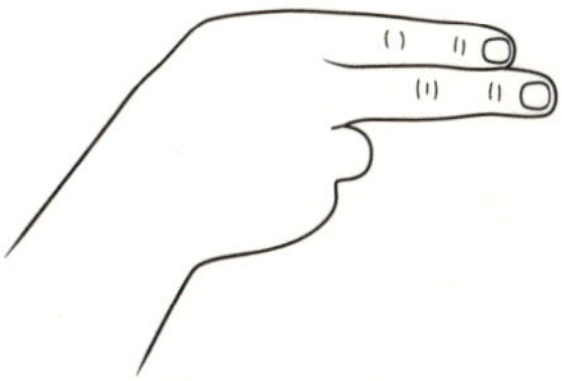

Samedi matin.

Quand Jérôme vient chercher Louise, il a la surprise de découvrir que toute la famille s'affaire à charger leur voiture.

– Vous partez ? s'étonne-t-il, lorsque la jeune fille vient vers lui, le visage fermé.

– Oui, écrit Louise. Papa vient de recevoir un appel de l'un des responsables de son usine. Il y a un problème important sur l'une des machines. On doit donc rentrer de toute urgence. Maman a appelé chez toi pour te prévenir, mais ta mère a dit que vous étiez déjà partis.

– Mais… euh… s'étrangle Jérôme. On devait… enfin… Mais…

– Je suis désolée, écrit Louise avant de prendre son ami dans ses bras.

– Je ne m'attendais pas à ça, et… Bon sang, tu vas me manquer, Louise, laisse échapper Jérôme avant de la serrer contre lui.

– 'oi au-ssi… 'u vas 'e 'an-quer.

– On est désolés, lance le père de Louise, en claquant le coffre. Mais on doit absolument partir sans attendre. On reviendra bientôt ! C'est promis.

Jérôme acquiesce d'un signe de tête puis, tandis que Louise va prendre place dans la voiture et que Myriam ferme les volets de la maison, il s'éloigne lentement en grimpant dans le champ surplombant la propriété.

Debout sur le rocher où son amie dessinait lorsqu'il l'a rencontrée la première fois, il regarde, le souffle court, la voiture qui démarre.

– Veille sur « Isaby » ! lui adresse Jean, au passage.

Et tandis que Jules et ses parents font un signe de la main, Louise applique sur la vitre son petit tableau blanc sur lequel est dessiné un grand cœur.

Alors que la voiture s'éloigne, Jérôme court à en perdre haleine jusqu'à la petite futaie qui se trouve au-dessus de lui. Là, il grimpe dans un arbre afin de la voir encore un peu, mais elle disparaît déjà au détour d'un virage.

*
**

Toute la journée, le jeune garçon traîne péniblement le boulet de sa peine. Il se force à s'occuper de Kiko, mais sa tête est ailleurs. Pourtant, il sait qu'il doit se montrer à la hauteur. Louise a consenti tellement d'efforts pour Kiko qu'il se doit de poursuivre son travail avec la plus grande des attentions. Et puis, en répétant ses gestes, c'est un peu comme s'il était encore avec elle.

Un panier rempli à ras bord dans chaque main, Jérôme approche de la cage de Kiko. Quand elle le voit, la femelle gorille le fixe quelques instants, avant de chercher du regard autour de lui.

– Désolé, dit-il. Mais Louise n'est pas là. Louise est partie. Partie… Tu comprends ce que je dis ? Elle est… partie…

Et, alors qu'il était parvenu à retenir sa peine jusqu'alors, le jeune garçon éclate en sanglots.

*
**

Ma Louise,

J'espère que tu es bien rentrée à La Rochelle.

Ton départ m'a fait beaucoup de peine. Je savais que ça allait être difficile, mais je ne pensais pas que ce serait aussi dur.

J'ai hâte que tu reviennes et je me réjouis à l'avance de pouvoir te serrer contre moi dans quelques semaines.

Je vais compter les jours qui nous séparent et les cocher sur le calendrier ! Tu peux me croire !

Comment ai-je pu tomber ainsi amoureux ?

Ah, tu peux être fière de toi ! Tu me fais bien souffrir !

(Je plaisante.)

Aujourd'hui, après ton départ, j'ai eu du mal à aller au parc. Il a fallu que je me force car ça me faisait encore plus de peine d'aller là-bas sans toi.

Mais, finalement, je me suis occupé de Kiko, comme je te l'avais promis.

Je pensais qu'elle n'accepterait pas de se nourrir si tu n'étais pas là. Mais cela s'est plutôt bien passé.

Je ne sais pas si Kiko a compris que tu me manques, mais elle a accepté sans problème de me serrer les doigts. Ça m'a fait un peu comme si elle voulait partager mon chagrin.

Enfin, c'est ce que je me suis dit…

Je suis heureux que Kiko soit là. Elle me rapproche de toi.

Et ne t'inquiète pas. Je vais bien m'occuper d'elle.

Au retour, quand on est passés près de ta maison, je n'ai pu m'empêcher de te chercher du regard. Comme si les volets allaient s'ouvrir et que tu allais apparaître en me souriant.

C'est fou ce que le moindre petit geste, la moindre petite chose à laquelle on ne fait pas forcément attention quand on les vit, sont finalement tellement importants. La vie est pleine de petits bonheurs qu'on ne prend bien souvent pas le temps d'apprécier à leur juste valeur. Pourquoi est-ce qu'on ne s'en rend compte que lorsqu'on ne les a plus ?

Je t'embrasse. Sur papier pour l'instant.

Mais crois-moi que je savourerai chacun de tes baisers la prochaine fois !

À très vite.

Ton Jérôme

Tu diras à ton père qu'« Isaby » va bien !

Lorsque Louise termine de lire la lettre, le soleil au fond des yeux, elle embrasse la signature du jeune garçon, avant d'appliquer le courrier contre son cœur. Elle aussi, elle sait qu'elle va compter les jours et les nuits qui la séparent de son amoureux.

Et de Kiko.

Sans attendre, elle rédige une réponse.

Mon gentil Jérôme,

Quel bonheur que de recevoir ton courrier aujourd'hui !

Tu n'as pas traîné !

En fait, tu vas te rendre compte que moi non plus, car je t'ai également envoyé une lettre dès dimanche ! Nos deux courriers ont donc dû se croiser !

Moi aussi, tu me manques terriblement.

Ici, le train-train a repris et, moi qui n'aime déjà pas beaucoup l'école, j'avoue que j'y retourne chaque jour en traînant les chaussures, comme on dit.

On a longuement discuté avec papa et maman au sujet de mon orientation pour la rentrée prochaine.

L'expérience au parc m'a vraiment ouvert les yeux. Moi qui ne savais pas quoi faire, je suis motivée plus que jamais pour m'occuper des animaux. Peut-être devenir vétérinaire, pourquoi pas.

Je me suis renseignée au collège, auprès de mon prof principal. Il paraît qu'on a le droit de faire des stages de découverte.

Tu crois que ton père accepterait que je vienne une semaine au mois de mai ?

Je t'embrasse bien fort.

Ta Louise qui t'aime

CHAPITRE O

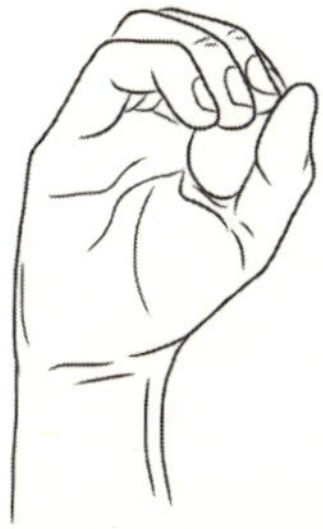

Ma Louise,

J'ai bien reçu tes DEUX lettres ! Héhé !

Je n'ai pas beaucoup de temps à moi, entre l'école et le parc, mais j'ai beaucoup de plaisir à m'occuper de Kiko. Je lui parle souvent de toi. Et j'ai l'impression qu'elle comprend. Quand je dis ton nom, son regard semble s'illuminer. Comme tu le dis, je la pense également très intelligente et elle porte donc bien ce deuxième prénom que tu lui as donné !

Aurais-tu une photo de toi à m'envoyer ? Je pense que ça lui ferait plaisir (bon, j'avoue qu'à moi aussi…).

Je préfère être honnête avec toi (de toute façon, on ne peut rien te cacher !), et il faut que tu saches que papa trouve que Kiko ne mange pas assez. Elle refuse de s'alimenter si c'est lui ou un de ses collègues qui apporte la nourriture. Alors, je fais ce que je peux pour être le plus présent possible après les cours. Mais cela ne suffit pas, car un gorille doit manger toute la journée.

J'espère ne pas trop t'inquiéter en te disant cela, mais je ne souhaite pas te mentir.

Ton idée de stage est une sacrée bonne idée ! J'ai direct demandé à papa et il est tout à fait partant.

Tu dormirais à la maison, pas de problème.

Sinon, rien de neuf, si ce n'est que les frères Vilbert deviennent de plus en plus pénibles. Hier, ils attendaient papa sur le bord du chemin et ça a failli se terminer en bagarre.

Bon, je te laisse car je tombe de fatigue.

Mais je te promets de t'écrire un peu chaque jour.

À très vite, ma belle ! Tu vois, moi aussi je t'ai trouvé un deuxième prénom !

Je t'embrasse bien fort.

Ton Jérôme

P.-S. : Au fait, tu m'as dit que tu adorais danser la valse avec ton père. Et tu as pu constater l'autre jour que j'étais loin de maîtriser ça ! Eh bien, je m'entraîne avec ma mère ! Tu vas voir ce que tu vas voir !

***

Mon Jérôme,

Ce que tu me dis au sujet de Kiko me chagrine.

Je suis très inquiète depuis que j'ai lu ton courrier.

Du coup, je suis super contente de t'annoncer que le principal de mon collège a accepté que je vienne en stage au parc pendant une semaine. Papa et maman remercient tes parents pour leur proposition de m'héberger.

Je t'envoie la convention de stage à faire remplir et signer par ton père.

Merci de me la renvoyer au plus vite afin que je puisse venir la semaine du 21 mai. Ce serait la semaine idéale car, juste avant, il y a le pont de l'Ascension du jeudi 17 et vendredi 18 mai.

On pourrait donc venir avec toute la famille à « Isaby » dès le mercredi 16. La semaine prochaine, quoi !

Puis, mes parents et Jules repartiraient le dimanche 20.

Et moi, je resterai toute la semaine suivante. Papa et maman viendraient alors me chercher le week-end d'après.

Ce serait top, non ?

Les Vilbert sont décidément de vrais abrutis.

Renvoie-moi vite la convention !

Je t'embrasse !

Ta Louise

P.-S. : Super, pour tes progrès en valse ! J'ai hâte de voir ça !

***

Ma belle,

Quelle bonne nouvelle !

Voici la convention !

On est trop contents de te revoir !

J'en ai parlé à Kiko. Mais je ne suis pas certain qu'elle ait compris grand-chose.

J'ai hâte, hâte, hâte !

Je fais court pour que la lettre parte dès aujourd'hui.

Je t'embrasse.

Ton Jérôme

***

Coucou, mon gentil Jérôme !

On a bien reçu le document et tout est OK !

Du coup, on part après-demain et je ne suis pas sûre que tu auras la lettre avant que je n'arrive !

Mais ce n'est pas grave. De toute façon, tu es évidemment au courant car papa a appelé ton père ce week-end.

Que j'ai hâte !

On va pouvoir essayer de communiquer plus avec Kiko car je compte bien profiter pleinement de la semaine de stage pour ça.

Est-ce que tu crois que ton père accepterait que je vous donne un coup de main cet été ? On va être à « Isaby » pendant tout le mois de juillet. Puis papa rentrera travailler et reviendra tous les week-ends. Maman, Jules et moi, on restera tout le mois d'août. On va donc être là-bas deux mois !

On va pouvoir se voir longuement !

À très vite.

Je t'aime.

Ta Louise

*
**

Mercredi 16 mai 2007

18 h 30

Argelès-Gazost

– Bon sang, ouf ! s'exclame Jean, en garant la voiture sur le parking, près du magasin des tourtes. Juste avant que ça ne ferme !

– J'espère qu'il leur reste des tourtes au chocolat ! avertit Jules, d'un ton grave.

Lorsque les deux gourmands reviennent à la voiture, Jules arbore un grand sourire.

– Y en avait encore plein au chocolat ! triomphe-t-il, en entrant dans le véhicule. En revanche, plus une seule aux myrtilles ! Haha ! Chacun à son tour !

Le temps de traverser la ville et de gravir la petite montagne, les voici à « Isaby ».

Assis contre le mur de la façade, Jérôme les y attend, le cœur battant la chamade. Lorsqu'il les voit arriver, il se relève aussitôt, avec un grand sourire. Et à peine la voiture est-elle arrêtée que Louise est déjà dehors et court se jeter dans les bras de son ami.

– Ils sont amoureux-eux ! Ils sont amoureux-eux ! chantonne Jules, tandis que Louise entraîne Jérôme dans une valse pleine d'affection. Krr-krr-krr…

– Oui, confirme Myriam, émue. Je crois bien que notre petite Louise devient grande.

– Allons, dit Jean. Ne fais pas cette tête ! Tu vas l'avoir encore un peu, ta fifille ! Elle ne va pas se marier dès demain !

– Encore heureux ! commente Jules. Parce que moi, cela me ferait beaucoup de peine si Louise s'en allait.

CHAPITRE P

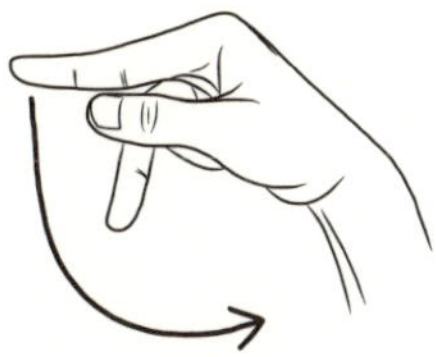

Jérôme est resté dîner à « Isaby » et a rassuré la famille sur l'état de santé de Kiko, les yeux rivés sur son amie qu'il trouve de plus en plus belle. Il n'a qu'une hâte : la serrer contre lui.

Aussi, une fois le repas terminé, il ne se fait pas prier pour suivre la jeune fille jusqu'au rocher surplombant la maison.

– Qu'est-ce que tu m'as manqué ! reconnaît Jérôme. Je ne pensais pas que ce serait si difficile. Même si, finalement, ça a été court. Car, quand on y pense, ça ne fait même pas un mois que tu es partie.

– J'avais trop hâte de revenir, écrit Louise sur son petit tableau. Tu me manquais également beaucoup. Et je suis impatiente de revoir Kiko, aussi !

– Elle va avoir une belle surprise demain matin ! Je suis pressé de voir sa tête !

– 'iens, dit Louise, en tendant un petit paquet. 'est un ca-deau.

Surpris, mais également gêné, car il n'a rien prévu pour son amie, Jérôme ne sait pas quoi dire. Lorsqu'il retire le papier d'emballage, il découvre un petit livret.

– La langue des signes ! commente-t-il. C'est une super idée ! Merci !

– Si tu envisages que ça dure un peu entre nous, ça peut être utile, se réjouit d'écrire la jeune fille. On pourra regarder ça de plus près quand je dormirai chez toi pendant le stage. Ne crois pas que tu vas te tourner les pouces et que ce seront des vacances !

– Je vais finir par regretter que tu sois là ! Haha… Mais j'ai intérêt à m'accrocher car sinon Kiko va devenir meilleure que moi ! À ce propos, tu penses vraiment que tu vas pouvoir communiquer avec elle ? Je veux dire, avec de vraies discussions, notamment sur ce qu'elle ressent.

– Je l'espère. Je vais essayer en tout cas.

– Et, grâce à ce livre, je vais pouvoir participer un peu !

– J'y compte bien ! En attendant, j'aimerais…

– Tu aimerais, quoi ?

– Ça, répond Louise en déposant ses lèvres sur celles de son ami.

*
**

Le lendemain matin, quand Louise arrive au parc, elle ne prend même pas le temps de se changer et file directement voir Kiko. Dès qu'elle la sent approcher, la femelle gorille se précipite vers la grille.

– 'iko ! s'exclame Louise, avant de mêler ses doigts à ceux du singe.

Après avoir posé sa main sur la joue de Kiko, Louise s'adresse à elle en langue des signes.

– Je suis heureuse de revoir Kiko, dit-elle en faisant tourner ses mains devant son buste afin de traduire son bonheur. Moi, Louise, je suis heureuse… Heureuse.

Kiko, concentrée, la regarde effectuer ses signes.

Et c'est alors que la femelle gorille appose ses index sous ses yeux, comme pour faire le signe de pleurer. Comme ce que lui avait montré Louise près de trois semaines auparavant.

– 'iste ? s'étonne Louise. 'iko 'iste ?

– O… répond le gorille. O… O…

– Pou-quoi 'iko 'iste ?

– O… O…

– Que te dit-elle ? demande Jérôme, en s'approchant d'elle.

Dos à lui, Louise ne peut entendre. Alors, Jérôme se met sur le côté et lui tapote l'épaule.

– Que t'a-t-elle dit ? répète-t-il.

– 'iste… 'iko 'iste.

– Triste ? C'est ça ? Kiko t'a dit qu'elle est triste ?

Louise acquiesce d'un geste de tête et montre à Jérôme le signe correspondant.

– 'iko était 'iste 'e 'e sois pa'tie.

– Comment ça ?

– Kiko a des sentiments, écrit Louise en tremblant. Il fallait juste qu'elle comprenne comment le transmettre aux hommes. Je le savais. Je savais qu'on y arriverait.

La jeune fille fixe de nouveau la femelle.

– 'ouise heureuse, signe-t-elle, avant que Kiko ne réponde en montrant le geste de larmes coulant sur ses joues.

– Incroyable, murmure Jérôme, ému à son tour. C'est incroyable.

*
**

Quelques minutes plus tard, dans le bureau des vétérinaires.

– Tu dis que Kiko a fait un geste de la main signifiant la tristesse ? demande le père de Jérôme.

– Je l'ai vu de mes propres yeux, confirme le jeune garçon.

– Kiko a voulu dire qu'elle a été triste que je sois partie, écrit Louise. Comme elle ne savait pas comment dire qu'elle était heureuse que je sois revenue, elle a utilisé le signe lié à la tristesse que je lui avais montré il y a quelques semaines.

– C'est incroyable, réagit André.

– C'est exactement ce que j'ai dit, souligne Jérôme.

– Ça voudrait dire que Kiko serait capable d'intégrer un signe lié aux sentiments, s'étonne Ladislas. Comment est-ce possible ?

– Je sais que c'est surprenant, écrit Louise. Mais c'est pourtant la vérité. Les animaux ont des sentiments. J'en suis persuadée.

– Nous en sommes tous convaincus, dit André. Mais de là à pouvoir les exprimer ainsi…

– Si ça se trouve, suggère Romario, Kiko a utilisé ce signe sans vraiment en comprendre le sens. C'est peut-être juste du hasard.

– Croyez ce que vous voulez ! s'agace Louise. Moi, je sais ce que j'ai vu !

*
**

La jeune fille passe le reste de la journée, et les jours suivants, à apprendre une grande quantité de signes à Kiko. Jérôme, à son côté, répète en même temps les différents mots que montre Louise.

Pendant plusieurs jours, elle vient avec une revue et montre des photos à Kiko afin que le singe fasse plus facilement le rapprochement entre les signes et leur signification.

Elle montre ainsi plusieurs fois une publicité qui intrigue le gorille.

– 'outeau… dit-elle, tout en frottant ses deux index l'un sur l'autre pour exprimer, en langue des signes, le geste de couper.

Louise manipule ensuite les doigts de la femelle afin qu'elle finisse par intégrer le geste.

Soudain, Kiko fait glisser deux doigts au-dessus du dos de son autre main.

– Mauvais ? s'étonne Jérôme, qui connaît ce signe.

– 'ou'quoi 'auvais ? demande Louise, tout en signant.

– Singe, répond Kiko, en se grattant sous les bras, conformément à la traduction en langue des signes.

– Pourquoi singe mauvais ? signe Louise.

– Couteau mauvais pour singe, signe en retour Kiko.

– Pourquoi ? reprend Louise.

– Hommes couteau… Hommes singes tuer… Hommes famille Kiko tuer.

Louise pose ses mains sur sa bouche pour masquer son trouble.

– Hommes famille Kiko tuer, reprend le gorille. Kiko pleurer.

*
**

Peu de temps après, au bureau des vétérinaires, alors que Louise, bouleversée, attend dehors.

– Tu sais, Kiko a été capturée par des braconniers afin d'être vendue à un zoo, explique le père de Jérôme, lorsque celui-ci lui rapporte les événements. Ils ont alors très certainement décimé tout son clan, comme c'est chaque fois le cas. C'est la seule solution qu'ils ont car aucun adulte gorille ne permet qu'on enlève un de leurs petits. Les braconniers le savent et ils ne font donc pas de détail et suppriment tout opposant potentiel avant de capturer un jeune.

– Mais comment les braconniers peuvent-ils tuer des gorilles avec de simples couteaux ?

– Je pense que Kiko a dû vouloir dire qu'elle a vu les braconniers utiliser des couteaux, une fois qu'ils avaient tué les gorilles avec leurs fusils. C'est malheureusement fréquent.

– Pourquoi ?

– La viande de brousse est très recherchée en ville, par là-bas.

– Mais c'est horrible, balbutie Jérôme. Ça voudrait dire que Kiko a vu sa famille être décimée et découpée devant elle.

– Je le crains, oui.

CHAPITRE Q

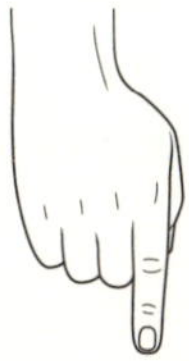

Le lendemain matin.

Après une première nuit dans la maison de Jérôme, lorsque Louise se lève, il n'y a plus personne.

Un mot est laissé à son intention dans la cuisine.

Louise,

Je suis parti au collège et maman a emmené Marc à Lourdes, pour qu'il prenne son train vers Pau, où il fait ses études pendant la semaine. Papa a dû partir sans toi au parc car il y a eu un problème cette nuit. D'après ce que m'a dit maman, il est parti de la maison vers 5 heures du matin. Normalement, Romario doit venir te chercher vers 9 heures.

À ce soir.

Bisous.

Jérôme

Louise, qui sent que la panique s'inviterait facilement à ses côtés, essaie de ne pas se focaliser sur le fait qu'elle se retrouve seule dans la maison.

Son regard croise la pendule fixée au mur. Celle-ci marque 8 h 45. Elle n'a donc heureusement pas le temps de se poser mille questions ! Une très bonne chose pour chasser l'angoisse qui essaie de s'agripper à elle.

Louise attrape un bout de pain en guise de petit déjeuner et file dans sa chambre pour se changer.

Pour une fois, elle va devoir se contenter d'une toilette sommaire. Une toilette à la Jules, quoi !

Cela la fait sourire et l'aide à chasser définitivement les peurs qui ne demandaient qu'à la terrasser.

Lorsque Romario arrive, Louise pousse un soupir de soulagement et sort rapidement de la maison.

Elle prend place à l'arrière du véhicule, comme à son habitude. Car Louise déteste se placer sur le siège avant, toujours en raison de cette sempiternelle appréhension liée à tout ce qui pourrait surgir dans son dos.

Louise trouve que Romario roule beaucoup trop vite. Celui-ci accélère en effet de manière excessive dans les lignes droites, et il doit ensuite couper sa trajectoire à chaque virage.

La jeune fille est pourtant adepte des manèges à sensations en tout genre, et les montées d'adrénaline que cela lui provoque lui tirent à chaque fois d'incontrôlables éclats de rire ! Mais là, cramponnée au siège, la sueur perle dans le creux de ses reins.

– Désolé d'avoir eu le pied un peu lourd sur l'accélérateur ! s'excuse Romario, en stoppant brusquement le véhicule devant la grille d'entrée du parc. Mais c'est un peu la course aujourd'hui… Nous avons été visités cette nuit et les dégradations sont nombreuses.

– Il n'y avait pas de gardien ? écrit Louise sur son tableau.

– Si… Ladislas. Mais il a été ligoté, bâillonné et frappé. Il n'a réussi à se libérer et à donner l'alerte que vers les 5 heures du matin. Et les responsables de cette intrusion étaient alors partis depuis longtemps.

En se rendant à la bâtisse principale, Louise passe à côté de plusieurs véhicules de gendarmerie. Puis elle entre en toute hâte dans le bureau.

– Ah, ma p'tite Louise ! s'exclame André. Content que tu sois là. J'aurais préféré que tu ne viennes pas ici ce matin, mais les gendarmes nous ont conseillé de ne laisser personne seul dans nos maisons. Par mesure de précaution. Au cas où l'idée viendrait à ceux qui ont fait tout ce bazar de s'en prendre à nos proches. Personnellement, je n'y crois pas, mais bon… Sait-on jamais. Et puis, nous ne serons pas de trop pour nettoyer toute cette pagaille et soigner les singes.

– Comment vont-ils ? écrit la jeune fille. Comment va Kiko ?

– Bien, ne t'inquiète pas. Ils sont un peu énervés, mais ça va. Les malfaiteurs ne s'en sont pas pris à eux. Même si, visiblement, ils ne les portent pas dans leur cœur. Je ne sais pas si tu as lu les inscriptions taguées un peu partout, mais c'est on ne peut plus clair. Ils menacent de revenir et, la prochaine fois, de tous les tuer.

– Les frères Vilbert ? observe aussitôt Louise.

– C'est ce que je me suis dit immédiatement, admet André. Les gendarmes doivent enquêter sur cette piste. Mais, pour l'instant, ils sont occupés à prélever un maximum d'indices. C'est pourquoi, en attendant, on est confinés ici, afin de ne pas perturber les recherches.

– Ils ont volé quelque chose ?

– A priori, rien. En revanche, ils ont cassé du matériel très coûteux, et de nombreux papiers, notamment nos demandes de subventions, ont été brûlés. L'objectif était visiblement de nous donner un sérieux avertissement.

– Cela aurait pu virer à la catastrophe si les gorilles étaient sortis de leurs enclos, intervient Romario. Parce que ces idiots ont essayé de leur ouvrir les portes. Heureusement qu'ils n'y sont pas parvenus.

– Ils n'ont pas trouvé les clés dans l'armoire ? réagit Louise.

– Ils n'ont même pas regardé à cet endroit ! Ils les ont juste demandées à Ladislas, répond Romario. Mais celui-ci leur a dit qu'elles étaient rapportées chaque soir chez moi et qu'il n'en avait donc pas d'exemplaires à sa disposition.

– Et ils l'ont cru ?

– Oui ! Les mensonges les plus gros sont parfois ceux qui passent le mieux ! C'étaient vraiment des amateurs qui ont improvisé sur place. D'après Ladislas, ils étaient fortement alcoolisés et sentaient le vin à plein nez.

Plus de deux heures plus tard, lorsque la gendarmerie quitte les lieux, Louise se précipite aussitôt vers la cage de Kiko. Elle découvre alors la femelle, prostrée dans un coin.

– 'iko… 'iko… 'est 'ouise… 'iko…

Ce n'est qu'après d'incessantes supplications que le grand singe accepte de se retourner.

– Kiko, signe Louise. Est-ce que tu vas bien ?

– Hommes mauvais. Kiko peur.

La femelle gorille applique alors à plusieurs reprises la paume de sa main sur son œil.

– Tu es blessée ? s'inquiète Louise.

Le gorille répète plusieurs fois le même geste.

La jeune fille réfléchit alors quelques instants, avant de s'adresser de nouveau à son amie.

– Un homme avait un problème à un œil, c'est ça ?

– O… O…

– C'est bien ce que tu veux me dire ?

– O… O…

Sans attendre, Louise retourne aussitôt voir le père de Jérôme et lui explique ce qu'elle vient de comprendre : l'un des agresseurs aurait un problème à un œil. Information bien maigre, certes. Mais qui pourrait peut-être mener les enquêteurs sur une piste.

Après avoir demandé à plusieurs reprises à Louise si elle était sûre d'elle, André se décide à appeler les gendarmes.

– Qui me l'a dit ? répond celui-ci lorsqu'un gendarme lui demande sa source. Écoutez, je sais que ça peut paraître étrange, mais c'est l'un de nos gorilles… Enfin, il l'a expliqué à une jeune fille qui vient donner un coup de main ici. Comment ? Si elle parle le singe ?… C'est plutôt le singe qui parle comme elle. La jeune fille est malentendante et communique avec le gorille par signes. Je ne vais pas vous faire un dessin, mais à mon avis…

Alors qu'André poursuit ses explications, Louise attrape précipitamment quelques feuilles et un stylo, et sort de la maison.

« Bien sûr ! Le dessin ! Comment n'y ai-je pas pensé plus tôt ? » se dit Louise en se précipitant vers l'enclos de Kiko. Grâce à son don, elle va pouvoir, au fur et à mesure des échanges, proposer au gorille des images parfaitement adaptées à ce qu'elle veut expliquer. Un support exceptionnel qu'elle regrette de ne pas avoir utilisé plus tôt ! Les solutions les plus évidentes sont parfois celles auxquelles on pense le moins !

Lorsqu'elle arrive auprès de son amie gorille, Louise commence par la rassurer. Kiko a été traumatisée par la présence de ces hommes violents et elle est encore sous le choc… La jeune fille s'assied face à elle et tend son bras. Mais Kiko reste impassible. Elle fuit même le regard de Louise.

– 'iko, murmure Louise. 'Iko… amie… amie…

Le gorille jette un œil furtif à Louise, puis fixe de nouveau le sol sur le côté. Kiko se fige ainsi pendant de longues minutes, tandis que Louise ne cesse de lui parler. Au bout d'une demi-heure, avec délicatesse, Louise se risque à effleurer la paume de sa main contre celle de Kiko. Puis ses doigts enserrent ceux du singe.

– Amies… amies… répète inlassablement Louise, avant de baisser la tête et d'appuyer son front contre les barreaux.

Elle reste ainsi sans rien dire, jusqu'au moment où elle sent que Kiko vient accoler son crâne contre le sien. Elle aimerait tellement pouvoir la serrer contre elle ! Mais jamais on ne la laissera entrer seule dans l'enclos du gorille. Et puis, qui dit que la réaction de la femelle ne serait pas totalement différente si elles se trouvaient toutes les deux dans le même espace. Louise décide alors d'essayer d'aborder directement la question avec Kiko. Mais comment le lui faire comprendre ?

Délicatement, elle se redresse et retire sa main de celle du singe. Puis elle prend une feuille de papier et le stylo, avant de commencer à dessiner.

Elle pose ensuite la feuille en appui contre la grille, en la maintenant à la verticale avec un morceau de branchage trouvé par terre.

– Singe, signe-t-elle en montrant le dessin qu'elle vient de faire. Kiko.

Immobile, seuls ses yeux faisant des allers-retours du dessin au visage de Louise, Kiko semble essayer de comprendre. Louise poursuit son dessin, avant de montrer le nouveau personnage qu'elle vient de crayonner.

– Louise, signe-t-elle.

Sur le croquis, les deux personnages se tiennent la main. Comme ce que venaient de faire quelques instants auparavant Louise et Kiko.

– Amies, signe Louise. Kiko et Louise, amies.

– O… répond Kiko. O…

Louise prend alors une autre feuille et dessine un singe enlaçant une jeune fille, tandis que les yeux de Kiko continuent leur va-et-vient. La jeune fille pose de nouveau la feuille devant elle.

– Beaucoup amies, signe Louise en commentant le dessin. Beaucoup amies.

– O… O… O…

Louise se met alors à genoux et vient s'accoler contre la grille. Puis, lentement, elle entre ses deux bras dans la cage et les ouvre bien grand, comme pour accueillir le grand singe contre elle.

Toute tremblante, elle ferme les yeux et baisse la tête en signe de soumission, comme le lui a expliqué Jérôme. Elle a conscience que Kiko pourrait mal interpréter son geste et lui briser les membres en une demi-seconde. Au lieu de cela, ce sont deux bras affectueux qui l'enserrent soudain.

CHAPITRE R

– C'est de la folie pure ! s'exclame le père de Jérôme lorsque, lors du dîner, Louise expose son projet d'entrer dans l'enclos de Kiko.

– Mais Louise vient de t'expliquer qu'elles se sont enlacées sans problème, intervient Jérôme.

– Ça aussi, c'était de la folie !

– Louise a des résultats incroyables, reprend Jérôme. Leur complicité est extraordinaire ! Tu ne peux pas le nier ! Voilà l'occasion de montrer à tous ceux qui sont réticents face au projet de parc que les hommes et les grands singes sont faits pour s'entendre. Voilà l'opportunité de montrer combien il est important de protéger des êtres vivants si proches de nous !

– Et si Louise se fait déchiqueter, ce sera aussi une belle occasion pour foutre en l'air notre projet ! Kiko n'accepte personne dans son espace ! Aucun de nous ne peut l'approcher ! Alors, je dis que c'est une folie pure et je refuse de prendre ce risque ! Je n'ai aucune envie de devoir expliquer à ses parents qu'elle a été massacrée par un gorille parce que nous avons commis l'imprudence de les laisser ensemble sans la moindre protection. Toute cette expérience finit par aller trop loin.

– Mais…

– Ça suffit ! s'exclame André, en tapant les deux mains sur la table. Je ne veux plus parler de ça ! C'est hors de question ! Point final !

Impressionnée par la tournure des événements, Louise se lève de table et se précipite dans sa chambre.

Quelques instants plus tard, Jérôme la rejoint. La jeune fille s'est réfugiée sous sa couette, forteresse illusoire mais pourtant ô combien réconfortante, et le jeune homme s'assied avec précaution sur le rebord du lit. Sentant que son ami est auprès d'elle, Louise baisse un peu les draps et ses yeux apparaissent.

– Ça va ? lui demande Jérôme. Écoute, je suis désolé. Je sais combien cela était important pour toi. Mais il faut aussi comprendre mon père. C'est déjà une énorme responsabilité pour lui que tu sois dans le parc. Et il trouve que tu t'approches beaucoup trop de Kiko. Cela reste un animal sauvage, tu sais. Elle pourrait avoir une réaction imprévue et te blesser gravement. Ou peut-être même te tuer.

Louise se redresse et attrape le carnet qui se trouve sur sa table de chevet.

– Kiko ne me fera jamais de mal, écrit-elle.

– Je veux bien le croire… Mais en es-tu certaine à cent pour cent ?

– Kiko est mon amie.

– On se fâche parfois entre amis. Sauf qu'avec un gorille, les conséquences peuvent être dramatiques.

– Kiko a besoin de moi. Tu ne sais pas ce que c'est que d'être coupé des autres parce que tu ne peux pas communiquer avec eux. JE sais ce que c'est.

– Je comprends, Louise. Mais cela reste un animal et…

– Ça, tu l'as déjà dit ! Ce n'est peut-être qu'un animal, comme tu dis. Mais pour moi, c'est un être vivant qui mérite autant de respect que les hommes. De quel droit les hommes se considèrent-ils supérieurs ? De quel droit estiment-ils qu'ils sont meilleurs parce que les animaux ne parlent pas leur langage ? De quel droit certains hommes s'estiment-ils meilleurs que moi juste parce qu'ils sont incapables de communiquer avec moi ? Suis-je moins intelligente ? Suis-je dépourvue de sensibilité ? Je suis moi aussi un être humain à part entière, non ? Pourtant, certains me voient comme inintéressante, voire inférieure ! Mais qui est inférieur ? Moi aussi, je pourrais les voir comme inférieurs car ils sont incapables de me comprendre… Regarde ce qui s'est passé avec les tribus que les colonisateurs ont jugées sans âme et ont qualifiées de « sauvages », simplement parce qu'elles ne vivaient pas comme eux et ne parlaient pas la même langue. Pourtant, c'étaient eux aussi des êtres humains. Tout cela m'énerve au plus haut point et je refuse d'agir de la sorte avec Kiko. Je ne veux plus aller la voir comme si nous étions au parloir d'une prison. Je veux pouvoir être auprès d'elle, comme peuvent l'être deux amies.

– Je comprends, murmure Jérôme. Je comprends… Mais la décision de mon père est ferme et définitive. Il t'apprécie énormément, mais tu as pris beaucoup trop de risques. Du coup, pour tout te dire, il se sent comme trahi. Il a même envisagé que tu ne remettes plus les pieds au parc. Je me suis engagé à ce que tu sois plus prudente. Alors, tu…

– Tu n'as pas à me dire ce que j'ai à faire.

– Écoute, il faut que tu fasses un effort. C'est ça ou tu ne pourras plus voir Kiko.

– Bonne nuit ! écrit Louise, avant de poser le carnet sur la table de chevet et de se réfugier de nouveau sous la couette.

*
**

Le lendemain matin, lorsque Louise arrive dans le bureau du parc, André la reçoit froidement et lui dicte ses ordres.

– Plus question de prendre le moindre risque, avertit-il. Romario t'accompagnera donc lorsque tu seras en présence de Kiko. C'est d'ailleurs ce que nous aurions dû faire dès le début. Il restera en retrait, mais je lui ai demandé d'intervenir si jamais tu te rapproches trop d'elle. D'ailleurs, nous avons également pris des dispositions dans ce sens.

– C'est-à-dire ? écrit Louise sur son tableau blanc.

– Des dispositions. Fin de la discussion, répond André, d'un ton ferme. Et si ça se passe mal, tu n'auras plus le droit de la voir.

Abattue, Louise sort de la pièce et part préparer le repas de Kiko. Puis, la boule au ventre et la gorge serrée, elle se dirige vers la cage de son amie, accompagnée de Romario. Lorsqu'elle arrive à proximité de l'enclos, elle ne voit pas la femelle qui pourtant, d'habitude, la sentait venir et l'attendait près de la grille. C'est alors qu'elle l'aperçoit au fond de la cage, et en lâche ses paniers. Les mains sur la bouche, elle voit Kiko, enchaînée à un pieu, un collier d'acier autour du cou.

– 'iko… balbutie Louise, en avalant ses larmes. 'iko ! 'iko !

Le regard triste, la femelle fixe Louise quelques instants, avant de baisser la tête.

– 'est-ce que 'ous avez fait ! lance Louise, en se retournant vers Romario.

Puis, après avoir hurlé sa colère, la jeune fille se précipite vers la grille.

– Kiko, signe-t-elle. Comment vas-tu ?… Kiko… réponds-moi, s'il te plaît.

– Kiko triste, répond la femelle. Kiko pas comprendre.

– Les hommes ont peur que tu ne me fasses du mal, Kiko. Je suis désolée.

– Hommes mauvais. Kiko amie. Pas Kiko mauvais.

Bouleversée, Louise tend une branche de céleri à son amie.

– Tiens, Kiko. Il faut manger.

– Kiko pas manger.

– Je t'en prie.

– Kiko triste. Kiko pas manger.

Louise passe la journée auprès de la femelle, mais celle-ci refuse d'avaler le moindre aliment.

Prostrée dans un coin de la cage, elle refuse même de se déplacer vers Louise et répète toujours la même chose : « Kiko triste. Hommes mauvais. »

En fin de journée, complètement abattue, Louise traîne sa peine jusqu'au bâtiment principal. Elle aperçoit le père de Jérôme derrière la fenêtre. La colère monte alors en elle tel un torrent déchaîné, et elle ne peut s'empêcher de débouler en furie dans le bureau.

– 'ouquoi ? 'ouquoi vous avez fait ça ?

Sans même laisser le temps au père de Jérôme de répondre, Louise balaie violemment tout ce qui est sur la table, avant de quitter les lieux en claquant la porte.

*
* *

Louise refuse de rentrer à la maison avec le père de Jérôme, et c'est donc Ladislas qui la ramène.

Là, elle rassemble ses affaires et sort aussitôt de la bâtisse.

Sur le chemin qui mène à Argelès, elle croise la voiture d'Isabelle, la mère de Jérôme, qui s'arrête brusquement dans un nuage de poussière. Le jeune homme se précipite à la poursuite de son amie.

– Où vas-tu ? s'inquiète-t-il. Pourquoi as-tu pris tes valises ?

Face au mutisme de Louise, qui continue de marcher sans même lui adresser un regard, Jérôme l'agrippe par le bras.

– Réponds-moi, bon sang ! lance-t-il, en se dressant face à la jeune fille. Qu'est-ce qui se passe ?

– 'u me 'ais mal !

– E… excuse-moi, répond Jérôme en relâchant son emprise. Qu'est-ce qui se passe, Louise ?

– 'u deman-dras à 'on pè'.

– Mon père ? Vous… vous vous êtes fâchés ? C'est ça ?

– Ils ont a'achés 'iko ! éclate en sanglots Louise, avant que Jérôme ne la reçoive au creux de ses bras.

Après une longue discussion, Louise accepte d'attendre le lendemain pour rentrer à La Rochelle. Elle prendra alors un train au lieu de partir en stop comme elle comptait le faire sous le coup de la colère.

– Je suis désolé que ça se termine ainsi, dit Jérôme. Tellement désolé.

– Tu n'y es pour rien, écrit Louise. Je comprends que l'on puisse penser que j'ai pris des risques. Même si je ne me suis jamais sentie en réel danger. Avec Kiko, j'étais enfin utile à quelqu'un. Et appréciée pour ce que je suis. Quand je pense que je n'ai même pas pu lui dire au revoir…

– Tu reviendras, dis ? C'est juste pour cette fois, hein ?

– Et toi ? Tu viendras me voir à La Rochelle ?

– Pou… pourquoi pas. Tu m'inviterais dans ta famille ?

– Bien sûr ! En revanche, je te cacherai à mes amis car, tu comprends, un gars de la montagne… Et en plus qui n'est pas sourd…

– Hahaha !

Jérôme caresse la joue de Louise.

– C'est la première fois qu'un garçon viendra chez moi, alors, sois à la hauteur !

– Cela me touche beaucoup, Louise. Car je t'aime plus que tu ne peux l'imaginer. Et venir dans ta famille, c'est…

– T'emballe pas ! Ce ne sont pas des fiançailles ! Je veux juste que tu viennes pour te mettre la pâtée en planche à voile !

CHAPITRE 5

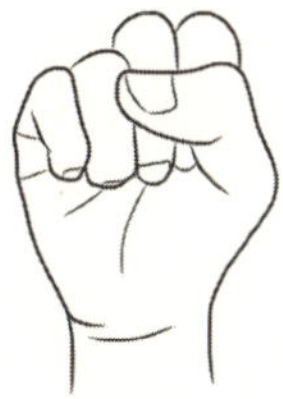

Jérôme s'est endormi, le cœur un peu plus léger. Louise lui a finalement promis de rester jusqu'à la fin de la semaine, sa famille devant venir la chercher pendant le week-end. Toutefois, après s'être assoupi pendant plusieurs heures, il se réveille au milieu de la nuit, en sueur. Les récents événements l'ont perturbé et il vient de faire un cauchemar au cours duquel Louise lui apprenait qu'elle ne voulait plus le voir.

Jérôme regarde sa montre. 3 h 45. Le jeune garçon se tourne et se retourne pendant encore un bon quart d'heure, avant de se lever pour se désaltérer. Les yeux tout embrumés, il traîne les pieds jusqu'à la cuisine, où il se verse un verre d'eau fraîche. Puis, alors qu'il boit à petites gorgées, son attention est attirée par un détail : les chaussures de Louise ne sont plus rangées près de la porte. Machinalement, Jérôme lève aussitôt les yeux vers le portemanteau. La veste de son amie a également disparu. Cela produit comme un électrochoc chez le jeune homme qui se précipite dans la chambre de Louise. Le lit est vide…

C'est alors que lui revient à l'esprit l'une des phrases écrites par Louise la veille au soir :

« *Je ne lui ai même pas dit au revoir.* » L'évidence saute au visage de Jérôme : Louise est partie voir Kiko.

*
**

Jérôme se précipite alors hors de la maison et se met à courir. Le jeune homme a l'habitude du trail et les quelques kilomètres qui séparent la maison du parc ne lui font pas peur. Muni d'une lampe frontale, il coupe à travers champ. Comme il court régulièrement de nuit, il sait très bien s'acclimater à la pénombre. Et puis, cette nuit, la pleine lune lui permet de poser ses appuis en toute sécurité.

Tout au long du chemin, il essaie de repérer la présence de Louise. Sans succès. Aussi, dès qu'il arrive au parc, il se dirige directement vers l'enclos de Kiko. Et découvre alors Louise dormant dans la cage, enlacée au gorille.

*
**

Quelques heures plus tard, au bureau des vétérinaires, l'échange entre Jérôme et son père est des plus houleux.

– Ta petite amie n'en fait vraiment qu'à sa tête ! ne décolère pas André. Tu te rends compte qu'elle est venue ici pendant la nuit et qu'elle a volé les clés ? Bon sang, mais qu'est-ce qui peut bien passer dans la tête de cette… de cette…

– De cette, quoi ? Sourde, c'est ça ? C'est ce que tu voulais dire ? À moins que ce ne soit « handicapée » ? Ou débile, pendant que tu y es !

Furieux, Jérôme se lève de sa chaise et se dirige vers la porte.

– Ce n'est pas ce que je voulais dire, s'excuse André, en le retenant par le bras. Je suis juste très énervé. Je pensais avoir été très clair, mais Louise se moque de ce qu'on peut lui dire et…

– Peut-être, coupe Jérôme, mais je tiens énormément à elle. Que ça te plaise ou non !

Exaspéré, Jérôme sort de la pièce, avant de donner un grand coup de pied dans un panier rangé le long de la bâtisse.

– Ah, Jérôme ! lance Ladislas, en venant vers lui. Tu sais où est ton père ? On a un problème avec Louise !

– C'est-à-dire ?

– Elle a retiré la chaîne du cou de Kiko, et elle refuse de sortir ! Elle a volontairement cassé la clé à l'intérieur de la serrure pour nous empêcher d'entrer.

Jérôme ne peut s'empêcher d'esquisser un sourire en pensant au caractère décidément bien trempé de son amie.

– Il suffit de faire sauter la serrure, non ? propose-t-il.

– Oui, mais ce n'est pas ça, le problème. Si on essaie de faire sortir Louise de force, Kiko risque de nous attaquer pour la défendre.

– Je vais chercher le fusil, intervient André, debout sur le seuil de la porte. On va l'endormir avec une fléchette.

– Louise va être furieuse si vous faites ça ! réplique Jérôme.

– Tu vois une autre solution ?

– Je vais essayer de la raisonner, dit Jérôme en s'élançant vers l'enclos. Attendez un peu avant d'intervenir !

Lorsqu'il arrive près de la grille, Louise et Kiko sont assises face à face et échangent tranquillement en langue des signes.

– Ça va ? s'inquiète Jérôme, en se mettant dans le champ de vision de son amie.

– Oui, répond-elle, en lui adressant un sourire. Je suis bien ici, avec Kiko.

– Ils veulent te faire sortir.

– 'e 'e o'ti'ai pas !

– Sois raisonnable, articule Jérôme.

– Vous, soi'ez 'aisonnab', articule à son tour Louise.

– Si tu ne sors pas par toi-même, ils vont tirer une fléchette sur Kiko.

Le visage grimaçant de Louise traduit sa stupeur.

– Je me mettrai devant ! signe-t-elle.

– Allons, ne dis pas n'importe quoi !

André et ses collègues arrivent en trombe. Quand elle voit le fusil, la jeune fille se colle au gorille.

– Ne ti'ez pas ! Ne ti'ez pas !

– Recule-toi ! ordonne André.

– 'as que'tion !

– Recule ! s'énerve le père de Jérôme.

– 'on ! 'on !

– S'il te plaît, supplie Jérôme. C'est la seule solution. Il faut que tu sortes, Louise.

Après quelques instants de réflexion, la jeune fille reprend la parole.

– OK, 'e vais peut'ête so'tir. 'ais ne ti'ez pas !

Après une longue négociation, André accepte que la jeune fille continue de s'occuper du gorille une fois qu'elle sera sortie de la cage. Rassurée, Louise fait alors signe à la femelle de se tenir à l'écart. Puis, lorsque la serrure est forcée et que la porte s'ouvre, elle lui adresse un signe d'amitié, avant de sortir.

Alors, sans jeter le moindre regard à André et à ses collègues, elle va serrer Jérôme contre elle, puis s'assied près de la grille où Kiko la rejoint. Là, elles joignent leurs mains et appliquent leurs fronts l'un contre l'autre.

CHAPITRE T

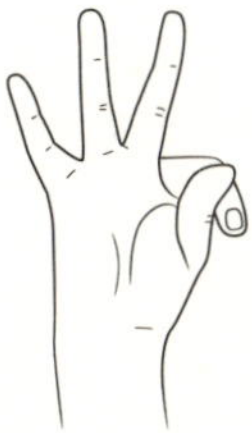

Jeudi soir.

Après une nouvelle journée passée auprès de Kiko, Jérôme et Louise se détendent au sein des Thermes, à Argelès-Gazost. Passant d'une piscine à l'autre et se prélassant dans les saunas et autres bains turcs, ils profitent de ce moment de détente pour se retrouver un peu. L'un contre l'autre, ils parlent de leurs passions communes, dans un mélange de paroles et de langue des signes.

– 'aime beau-coup la dan-se, explique Louise, les yeux fermés. 'e me sens lib' quand 'e dan-se.

Des jeunes, dont le fils Vilbert qu'a reconnu Jérôme, sont assis un peu plus loin dans le sauna et ricanent chaque fois que Louise s'exprime. Puis ils finissent par l'imiter et faire des réflexions suffisamment fort pour que Jérôme entende.

– On dirait une gogole, lance l'un en se dirigeant vers la porte.

– Une go'go, tu veux dire ! répond l'autre pour se moquer de l'élocution de Louise.

Puis, les deux éclatent de rire avant de sortir.

– Qu'est-ce qui se passe ? signe Louise en rouvrant les yeux. Tu as l'air tout bizarre.

– C'est rien, répond Jérôme. C'est juste les vapeurs qui me brûlent les yeux.

*
**

Une petite heure plus tard, lorsqu'ils quittent le bâtiment, Louise et Jérôme se tiennent par la main et sont heureux de ce moment partagé ensemble. Ils traversent alors le jardin public afin de se rendre dans le centre-ville où ils ont rendez-vous avec la mère de Jérôme.

– 'ous m'acco'dez cette danse ? demande soudain Louise, dans un grand sourire.

– Avec plaisir ! répond Jérôme, en mêlant ses doigts à ceux de son amie.

Ils tournoient quelques instants, lorsqu'un groupe de jeunes les interpelle. Jérôme reconnaît alors les deux garçons qui se moquaient de Louise, accompagnés de trois autres garçons et de deux filles.

Louise sent aussitôt que quelque chose ne va pas et elle se serre contre Jérôme.

– Alors, les amoureux, lance l'un des garçons en venant auprès d'eux.

– On se p'omène ? ajoute le fils Vilbert en poussant l'épaule de Jérôme. On p'omène son petit singe ? Hahaha !

Tandis que Jérôme et Louise accélèrent le pas, il se précipite afin de leur bloquer le passage.

– Mais où allez-vous comme ça ? On n'a même pas eu le temps de discuter !

– ’est que ’ous ’oulez ? ’essez-nous !

– Houlà, j’ai peur ! ironise le garçon.

– Agagaagogo… se moque un autre, avant que Jérôme, exaspéré, ne lui décoche un violent coup de poing.

Aussitôt, les quatre autres garçons se ruent sur Jérôme, tandis que les filles les exhortent à lui régler son compte. Projeté au sol, Jérôme se fait tabasser à coups de pied et de poing, sous les yeux horrifiés de Louise qui ne peut même pas appeler à l’aide.

– Arrêtez ça, là-bas ! hurle soudain un jeune d’une vingtaine d’années en se précipitant vers le groupe.

– Qu’est-ce que tu veux, toi ? réplique le fils Vilbert. Tu veux le même tarif ?

L’adolescent essaie de pousser le jeune homme qui, après s’être écarté, envoie un coup de pied circulaire trahissant sa parfaite maîtrise des sports de combat. Sonné, l’adolescent s’écroule, inconscient. Interloqués, ses amis se précipitent aussitôt auprès de lui, tandis que Louise aide Jérôme à se relever.

Alors que l'un des agresseurs ramasse une grosse branche sur la pelouse, le karatéka, en position de combat, s'apprête à frapper de nouveau. Gardant ses opposants à distance, il fait signe à Louise et à Jérôme de s'éloigner. Il ne lui faut ensuite que quelques secondes pour venir à bout des autres garçons, et s'enfuir à son tour.

Lorsqu'ils arrivent dans le centre, Louise est toute tremblante.

– Ça va aller ? demande le jeune homme à Jérôme qui maintient un mouchoir ensanglanté contre ses narines.

– Oui, je ne pense pas que ce soit cassé. Tu es intervenu juste à temps… Merci.

Le jeune homme lui adresse un petit signe de tête, et observe tout autour de lui.

– OK, je vais y aller, alors. Je ne tiens pas trop à rester dans le coin. Au cas où la police mettrait son grain de sel.

– Tu es recherché ?

– Disons que ce n'est pas la première fois que je me bagarre et ça va encore me retomber dessus…

– 'erci. 'erci 'eaucoup.

– Pas de problème, répond le jeune homme, en marquant un petit temps d'arrêt.

– Louise est malentendante, se croit nécessaire de préciser aussitôt Jérôme.

– J'avais compris. Pour tout te dire, mon petit frère est sourd… C'est ta petite amie ?

– Oui.

– Génial. C'est génial. Qu'est-ce que j'ai bien fait d'intervenir ! Ça fait chaud au cœur, mec !

Le jeune homme prend alors la main des deux amoureux.

– Tu as beaucoup de chance, ajoute-t-il à l'adresse de Jérôme, tout en fixant Louise. Elle est vraiment magnifique.

L'œil aux aguets, il repère aussitôt le véhicule de la police municipale et baisse la tête.

– Faut que je file, les amis, murmure-t-il, avant de s'écarter et de se mêler à la foule de touristes.

Tandis que le jeune homme disparaît dans une petite ruelle, les deux adolescents rejoignent le point de rendez-vous où la mère de Jérôme doit venir les chercher. Au cas où les jeunes seraient à leur recherche, ils l'attendent à l'intérieur d'un magasin.

– Le train qui ramène Marc a dû avoir du retard, dit Jérôme en regardant sa montre.

– Je suis désolée, écrit Louise sur un petit carnet qu'elle vient de sortir de sa poche.

– Tu plaisantes, j'espère ! Ce n'est quand même pas de ta faute si certaines personnes sont idiotes ! Et puis, tu n'as été qu'un prétexte. J'ai reconnu le fils Vilbert. Tu sais, la famille qui veut nous faire fermer le parc… C'est lui qui a été séché d'un coup de pied !

– Ils vont vous en vouloir encore plus, maintenant.

– On verra bien. On ne s'est jamais laissé faire dans la famille. Ce n'est pas aujourd'hui que ça va commencer.

*
**

Dans la voiture qui les ramène aux Cabrets, Jérôme explique l'agression dont ils ont été victimes.

– Je peux te dire que si je leur mets la main dessus, ils vont passer un mauvais quart d'heure, grogne Marc, en serrant les poings.

– Bon sang, nous n'avions pas besoin de ça, déplore leur mère. Déjà que les relations avec les Vilbert sont des plus tendues…

Tandis que la voiture entame son ascension sur la petite route de montagne, le silence s'installe dans l'habitacle, chacun ressassant à sa manière les événements qui viennent d'avoir lieu.

– Papa arrive demain, écrit Louise à l'intention de Jérôme. Évite de lui en parler, s'il te plaît. Il est capable de sillonner la ville pour les retrouver et leur dire leurs quatre vérités…

– OK, sourit Jérôme. Vu la taille de ses mains, je n'imagine même pas ce que ça fait quand il te file une claque de derrière les fagots !

– Ah ! André est déjà rentré, constate Isabelle en se garant près de la voiture de son mari.

– On évite d'aborder le sujet ! clame Jérôme. Il a une réunion importante à la mairie ce soir, et c'est inutile de l'inquiéter inutilement. Je vais bien et ça ne sert à rien de se lamenter.

– Une réunion pour le parc ? demande Marc.

– Oui, confirme Isabelle. Une de plus… Mais ça tombe mal. Juste quand tu rentres à la maison.

– Ce n'est pas grave, répond Marc. On a tout le week-end pour se voir.

À peine ont-ils le temps de descendre de voiture que le père de Jérôme sort de la maison.

Après avoir serré Marc contre lui et avoir échangé quelques mots, il se dirige vers son 4 x 4. Sans voir le visage tuméfié de Jérôme, qui a pris soin de traîner dans la voiture de sa mère.

– Je dois filer, dit André. Je suis en retard. On a une réunion importante qui, je l'espère, devrait nous permettre d'avancer plus rapidement dans notre dossier de subventions. Croisons les doigts !… Ah, j'oubliais ! Est-ce que quelqu'un pourrait aller aider Romario à surveiller le site ? Ladislas m'accompagne à la réunion.

– C'est sympa de nous prévenir… répond Isabelle.

– Oui, désolé, mais ça m'était complètement sorti de la tête, s'excuse André, avant de prendre place derrière le volant. Je peux compter sur vous ?

Sans attendre la réponse, qu'il ne conçoit de toute façon que positive, André s'éloigne rapidement de la propriété.

Louise et Jérôme sortent alors à leur tour du véhicule.

– On n'a qu'à y aller tous les trois ! dit Marc aux deux jeunes.

– Et moi, je vais rester toute seule ici, c'est ça ? réalise Isabelle. Super, la soirée !

– Tu n'as qu'à nous accompagner ! propose Jérôme.

– Bé oui, appuie Marc. On s'improvise un petit repas là-bas, tous ensemble !

– On s'improvise, on s'improvise… sourit sa mère. Ça se voit que ce n'est pas vous qui cuisinez !

– On n'a qu'à se faire un petit pique-nique avec ce qui traîne dans le frigo ! propose Marc.

– Et on se prend deux-trois pizzas sur la route ! ajoute Jérôme, sous les applaudissements de Louise. C'est le soir où le pizzaiolo s'installe sur la place avec sa camionnette.

– Bon, accepte Isabelle. Si je comprends bien, ce n'est pas encore ce soir qu'on va manger diététique…

*
**

Une fois sur place, Louise, Jérôme et Marc vont voir Kiko.

Celle-ci, ravie de voir son amie à cette heure inhabituelle, approche immédiatement de la grille.

Marc, ébahi, assiste à l'échange de signes entre la jeune fille et le singe.

– Mais… toi aussi tu connais la langue des signes ? s'étonne-t-il en voyant son frère effectuer quelques gestes.

– Je bidouille, répond celui-ci. Je bricole un peu !

– Attends ! Qu'est-ce que tu fais ? panique Marc en voyant Louise ouvrir la porte de la cage.

– T'inquiète pas, dit Jérôme. Elle a l'habitude. Tu vas voir.

Une fois à l'intérieur, les deux amies se serrent longuement l'une contre l'autre, sous les innombrables « le truc de ouf » bredouillés par Marc. Puis, assises l'une en face de l'autre, elles commencent à échanger en langue des signes.

– C'est hallucinant, dit Marc à son petit frère. Je suppose que papa est au courant ?

– Oui. Enfin, pas vraiment… Cela lui fait peur pour la sécurité de Louise.

– Tu m'étonnes.

– Alors, Louise n'entre dans la cage que lorsque papa est absent du site.

Les deux frères discutent alors pendant quelques minutes, lorsqu'un bruit métallique résonne près d'eux. C'est Louise qui tapote avec la clé sur l'un des barreaux.

Elle leur tend un morceau de papier.

– Kiko a souhaité parler de son nom, a-t-elle écrit. Elle m'a dit qu'en fait elle ne s'appelle pas comme ça. C'est le nom qu'on lui a donné dans le zoo où elle a été vendue après sa capture. En réalité, elle s'appelle Mibwaté. C'est comme cela que les hommes l'appelaient quand elle vivait encore dans ses montagnes. Alors, je lui ai promis que, désormais, nous l'appellerons ainsi.

CHAPITRE U

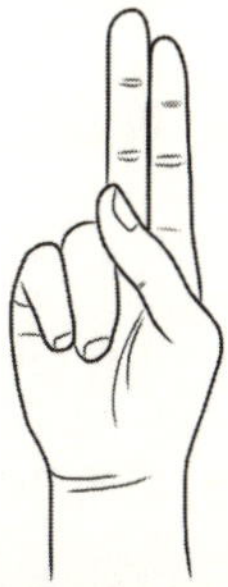

Tout le monde s'est rassemblé près de la cage de Mibwaté et a partagé le repas sur un grand drap déplié au sol. Sur les conseils de Louise, chacun a pu donner de la main à la main de la nourriture au gorille et, une fois rentrés chez eux, encore bercés par la magie de la soirée, Louise et Jérôme profitent de la douceur de la nuit pour traîner un peu dans le jardin. L'occasion de prendre le temps de se raconter leurs vies respectives.

Louise explique à Jérôme son quotidien.

– Tu sais, écrit-elle, je vois de tout… Des gens qui me crient dans les oreilles, comme si elles étaient bouchées et qu'ils pouvaient les déboucher en hurlant ! C'est comme pour les blagues. Pour nous, le second degré et l'ironie sont difficiles à identifier. Vous, en fonction de l'intonation de la voix, vous pouvez savoir s'il s'agit de moqueries. Nous, on prend tout ce qui est dit au premier degré. Imagine que, après une blague que je te fais, tu me dis sur un ton affectueux : « imbécile » pour me signifier que tu as apprécié et que je t'ai bien eu. Si je le prends au premier degré, je peux croire que tu me traites vraiment d'imbécile. Tu imagines donc les graves quiproquos que cela peut parfois entraîner ?

– Ah oui, mince… Je n'avais pas pensé à ça.

– C'est ce que je vis notamment à l'école… Pas facile de toujours savoir ce que les gens ont vraiment voulu dire.

– Justement, au collège, comment ça se passe avec les professeurs ? Est-ce qu'ils te donnent des points en plus, par exemple ?

– Non ! Il n'y a pas de raison ! Et je n'aimerais pas ça ! C'est marrant que tu me dises ça, tiens, car certains élèves sont persuadés qu'il y a du favoritisme de la part des profs. Et du coup, ils nous en veulent car ils estiment que nous sommes des chouchous. Pour certains, si on a une bonne note, c'est obligatoirement suspect. Pour eux, nous sommes normalement inférieurs.

– J'ai lu dans une revue qu'on pouvait mettre des petits boîtiers dans l'oreille. Et que ça permettait à des gens totalement sourds de pouvoir entendre.

– Tu dois parler des implants cochléaires.

– Oui, c'est un truc comme ça.

– C'est un petit micro à l'extérieur du crâne, qui capte les sons et les transmet à un appareil qui les transforme en codes. Ceux-ci sont ensuite envoyés à une antenne réceptrice placée dans la tête. C'est alors transmis à des électrodes placées dans l'oreille interne.

– Il faut se faire opérer, je suppose ?

– Oui.

– Et on entend tout de suite après ?

– D'après ce que j'ai compris, il faut attendre plusieurs semaines avant de régler l'implant. Ensuite, il y a un gros travail avec un orthophoniste afin de construire la parole en fonction des sons qu'on découvre. Moi, ça me fait peur… Et puis, l'opération coûte cher. Près de trente mille euros. Alors, je suis partagée. D'un côté, j'aimerais entendre. Et de l'autre, je me dis que je serai peut-être déçue. Que ça va probablement être douloureux. Que je ne vais jamais m'y habituer… Enfin, plein de questions comme ça.

– Tu faisais comment quand tu étais petite ? Parce que j'imagine que tu as vécu plusieurs années avant d'apprendre la langue des signes.

– Quand j'étais petite, j'avais l'impression de venir d'un monde parallèle. Je me sentais très différente. Seules les choses que je voyais me permettaient de comprendre ce qui m'entourait. Étais-je la seule à ne pas pouvoir communiquer par la parole ? Je me sentais comme originaire d'une autre planète. La planète des sourds… J'ai failli faire un lapsus. J'allais t'écrire « la planète des singes ». Tu sais, quand je vois les gorilles dans leur cage, je me sens vraiment proche d'eux. Je comprends ce qu'ils peuvent ressentir vis-à-vis des hommes qui ne parlent pas leur langage… Je me suis longtemps sentie, moi aussi, comme enfermée dans une cage où tout, à l'extérieur, me paraissait étranger. C'est parfois encore le cas, d'ailleurs.

– Comment tu faisais pour que ton entourage sache ce dont tu avais besoin ?

– Je me souviens que je ne pouvais attirer l'attention de quelqu'un qu'en tirant sur ses vêtements. Tu sais, c'est angoissant d'être sourd, ou très malentendant comme moi, quand tu es enfant. Tu te poses plein de questions. Par exemple, c'est important de rencontrer des adultes sourds. Sinon, si on n'en voit jamais autour de nous, on a l'impression que cela n'existe pas. Qu'il n'y a que des enfants qui sont sourds. Et que donc on meurt avant de devenir adulte. J'ai connu cette angoisse… Heureusement, grâce à mes parents, j'ai pu apprendre la langue des signes bien avant qu'elle ne soit officiellement reconnue. Cela m'a permis de prendre confiance en moi, notamment en pouvant communiquer avec mon entourage. J'ai pu ainsi poser des tas de questions qui, si je n'avais pas eu de réponses, n'auraient fait que me renfermer sur moi-même. Au lieu de cela, je suis parvenue à suivre correctement mes études. Jusqu'à cette fin d'année de collège. J'ai eu beaucoup de chance. Mais c'est loin d'être facile. Il a fallu que je m'accroche. Car combien de gens font réellement l'effort de communiquer avec les sourds ? Qui apprend la base de la langue des signes ? Pourquoi, d'ailleurs, ce n'est pas obligatoire à l'école ? On dit : « Liberté, égalité, fraternité ». Elle est où la fraternité vis-à-vis des sourds ? Des enfants, des adultes, mais aussi des personnes âgées. Moi, je suis malentendante de naissance, et j'ai appris à vivre avec. Mais imagine dans quelle détresse se trouve une personne âgée qui finit par ne plus rien entendre ? Elle bascule violemment dans ce nouveau monde. Sais-tu qu'il y a près de cinq millions de malentendants en France ? Alors, pourquoi ne fait-on rien pour qu'ils soient complètement intégrés à la société ? Rien qu'au niveau des discussions. Tu sais, il est très difficile de s'en sentir exclue. Car, quand les non-sourds se retrouvent en groupe, lors d'un repas de famille, par exemple, ils ne s'occupent pas de nous. Ou les rares qui le font se fatiguent vite, voire s'agacent.

– C'est peut-être parce que les gens ne peuvent pas être continuellement attentifs à toi, non ? répond Jérôme. Tu sais, celui qui est timide, on ne lui parlera pas plus. C'est toujours comme ça dans un groupe. Il y en a qui sont plus impliqués que d'autres dans les conversations… Sauf que pour toi c'est un sujet sensible, et que tu interprètes donc toutes les réactions des personnes. Tu ne crois pas ?

– Oui, peut-être, admet Louise. J'avoue que j'analyse très souvent le comportement des gens à mon égard. J'essaie de moins le faire, mais…

– En tout cas, moi, je… enfin, je… Enfin, j'ai… j'ai un petit cadeau pour toi.

Rougissant jusqu'aux oreilles, Jérôme sort une boîte de sa poche.

Surprise, Louise prend le petit paquet délicatement du bout de ses doigts et adresse à son ami un grand sourire.

– Une bag' ? s'exclame la jeune fille en soulevant le couvercle.

– On est trop jeunes pour se marier, mais c'est une vraie bague d'amoureux. Et regarde, ajoute Jérôme en sortant un autre anneau de sa poche. J'ai la même ! Comme ça, on est vraiment liés l'un à l'autre et…

– 'erci ! réagit Louise, en se jetant dans les bras de Jérôme.

CHAPITRE V

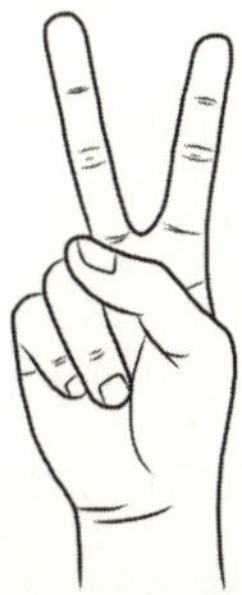

Vendredi matin.

Louise est arrivée au parc de bonne heure, la bague au doigt. Elle est pressée d'aller montrer la marque d'amour de Jérôme à Mibwaté. Une fois les paniers préparés, Louise se précipite dans l'enclos.

– 'ibwaté… 'egad' ! dit Louise.

La femelle, du bout de l'index, effleure l'anneau argenté qui enserre le doigt de son amie. Puis elle le touche plus franchement, se demandant ce que cela peut être. Louise essaie de lui expliquer, mais cela ne semble pas intéresser le gorille qui préfère bien se caler sur son postérieur pour déguster une branche de céleri.

– Tu n'es pas une sentimentale, signe Louise en ricanant, à la femelle toujours imperturbable. Tu n'as pas envie d'avoir un amoureux ?… Mibwaté, je te parle !… Tu aimerais avoir un gorille avec toi, ici ?

– Gorille ? signe à son tour Mibwaté.

– Oui ! Et des bébés ? Tu aimerais avoir des bébés ?

– Mibwaté seule.

– Justement ! Tu n'aimerais pas avoir des amis avec toi ?

– Louise amie Mibwaté.

– Oui, c'est vrai. Mais je te parle d'amis gorilles.

– Louise amie Mibwaté.

– Je ne serai pas toujours là. Je vais devoir partir dans quelques jours.

– Mibwaté pas comprendre.

– Je vais partir.

– O… O…

– Mais, je reviendrai. Je te le promets.

– Mibwaté pas comprendre.

– Je vais partir bientôt.

– O… O… Pas comprendre.

– Je suis désolée, Mibwaté. Je n'ai pas le choix.

– O… O…

Louise serre alors très fort la femelle gorille dans ses bras.

*
**

Le midi, Marc, qui a rejoint le parc, discute avec Louise. Celle-ci lui confie sa préoccupation vis-à-vis de son amie gorille.

– Je pense que Mibwaté va être triste que je parte, écrit-elle. Je pense qu'elle aura besoin de compagnie.

– Papa et ses collègues s'en occuperont bien. Ne t'inquiète pas. Jérôme viendra également la voir régulièrement.

– Mais cela sera-t-il suffisant ? Mibwaté est très sensible et elle a besoin de tellement d'affection.

– Il n'y a qu'à lui donner un doudou ! lance le jeune homme pour plaisanter. Ça marche bien avec les enfants !

Cela déclenche aussitôt un déclic dans la tête de la jeune fille.

– Chat ! s'exclame Louise en pensant à la portée récente de petits chatons sauvages nés dans un coin du parc.

Aussitôt, sans même prendre le temps de finir son repas, Louise récupère l'un des chatons et l'emporte avec elle. Lorsque Mibwaté voit le petit chat dans les bras de Louise, elle le touche du bout du doigt et demande ce que c'est.

– Un ami, signe Louise, avant de le déposer au creux des bras du gorille.

La femelle ne bouge plus, comme si elle avait conscience de la fragilité du petit être qui se blottit contre elle.

– O… O…

– Oui, Mibwaté. Chat ami Mibwaté.

– O… O…

– Tu veux lui donner un nom ?

– O… O…

– Oui ! Un nom ! Comme Mibwaté ! Comme Louise !

– O… O… Petite boule, signe la femelle gorille.

CHAPITRE W

Vendredi après-midi.

Les parents de Louise et son frère Jules débarquent à « Isaby ». Louise les attend impatiemment sur le pas de la porte. Elle a hâte de les revoir !

Les volets sont grands ouverts et les lits déjà prêts. Louise s'est attelée à faire en sorte que la maison soit accueillante, et elle a disposé quelques bouquets de fleurs dans le salon, la cuisine et les chambres.

Après plusieurs coups de klaxon joyeux, Jean gare la voiture près de la maison et Jules bondit de son siège, un sac de tourtes à la main.

– Y en avait au chocolat ! annonce-t-il en se précipitant vers sa sœur.

– 'as la peine 'e cri-er, dit Louise dans un grand sourire. 'e ne suis 'as sou'de !

Louise serre alors son frère dans ses bras.

– Houlà ! réagit rapidement celui-ci, en reprenant ses distances. Tu vas m'étouffer ! Je ne suis pas ton amoureux ! Krr-krr-krr !

– Tu m'as manqué, petit frère, signe Louise.

– Ah ouais ? répond Jules. Pas moi !

Puis, fier de sa blague, il se dirige vers la porte d'entrée.

– J'espère que tu n'as pas touché à mes affaires ! avertit-il, en fronçant exagérément les sourcils.

Louise embrasse affectueusement ses parents puis, avant même de sortir les bagages de la voiture, ils se retrouvent attablés pour le goûter préparé par la jeune fille.

– Ça sent bon le café ! se réjouit son père, en se frottant les mains de plaisir.

– Raconte-nous ! dit Myriam. Je suis impatiente de savoir comment ça s'est passé !

– Ta mère s'est tracassée toute la semaine ! souffle Jean, en entamant une tourte. Un enfer !

– C'était riche en émotions ! signe Louise. Je parviens à parler un peu en langue des signes avec mon gorille femelle préféré !

– Kiko, c'est ça ? dit Jean, en triturant sa moustache.

– Oui. Enfin, elle s'appelle Mibwaté, en fait.

Louise raconte alors les différents échanges qu'elle a eus avec son amie gorille. À la fin de son récit, tout le monde est épaté.

– C'est incroyable, murmure Myriam, les yeux humides, avant de se lever pour enlacer sa fille. Je suis si fière de toi.

Louise répond ensuite aux diverses questions concernant l'hébergement chez Jérôme ou ses relations avec l'équipe du parc. Elle parle également des systèmes de sécurité qu'ils ont dû installer un peu partout sur le site, à la suite des dégradations subies. Mais elle se garde bien de parler des tensions qu'elle a eues avec le père de son ami, et de l'agression dont Jérôme et elle ont été victimes.

– Je pourrai venir avec toi demain, au parc ? demande Jules. J'aimerais bien parler avec Mibwaté. Tu vas dans sa cage ?

– Bien sûr que non, voyons ! réagit Myriam. Quelle question ! N'est-ce pas, ma chérie ? Louise ?… Louise !… Ne me dis pas que…

– Si, maman. Je vais effectivement dans l'enclos de Mibwaté. Mais, ne t'inquiète pas, cela se passe très bien.

– Qu'est-ce que c'est que cette histoire ? grogne Jean, en essuyant sa moustache imbibée de café.

– Elle est attachée, au moins, balbutie Myriam.

– Non… Mais, tu sais, nous sommes très amies et nous…

– J'exige d'aller avec toi demain matin ! s'étrangle Myriam.

– Je viendrai également ! appuie Jean. Et il y a intérêt à ce qu'on ne t'ait fait courir aucun risque ! C'est quand même insensé ! Comment est-ce possible qu'un adulte responsable ait pu te laisser courir ce genre de danger ? Je vais dire ses quatre vérités au père de Jérôme !

– Il n'y est pour rien, explique Louise. En fait, je dois reconnaître que je lui ai… un peu forcé la main.

– C'est-à-dire ?

– J'ai un peu volé les clés et je suis entrée dans la cage sans rien demander à personne.

– Tu as quoi ? sursaute Jean. « Un peu » volé les clés et… Bon sang, mais tu te rends compte que tu aurais pu te faire tuer ?

– Quelle folie ! tempête Myriam. Entrer dans la cage d'un tel animal sauvage !

– Ce n'est pas un animal sauvage ! s'énerve Louise, renversant au passage sa tasse de thé. C'est mon amie !

*
**

Louise est sortie de la maison afin de se calmer. Alors qu'elle marche dans le jardin, elle est rejointe par son petit frère.

– Papa et maman n'y connaissent rien, dit Jules. Il ne faut pas leur en vouloir. Ils ne lisent pas les revues sur les animaux sauvages, comme moi. Moi, je sais que des gens arrivent à caresser des lions ou des tigres. Il y en a même qui montent sur les éléphants, alors…

Louise sourit à son frère et lui prend la main. Celui-ci, après avoir vérifié que personne aux alentours ne voit la scène, ce qu'il considérerait comme étant une honte absolue, lui adresse alors un grand sourire.

– Toi, tu as quelque chose à me demander… signe Louise.

– Mais, non. Pas du tout.

– Je te connais comme si je t'avais fait ! Vas-y ! Crache le morceau !

– Bon, d'accord… Pff, les filles vous êtes des vrais détecteurs de secrets ! Vous arrivez toujours à deviner. C'est agaçant ! Bon, voilà. Est-ce que je pourrai entrer avec toi dans la cage ? Mais, bon, avec mon lance-pierre quand même, hein !

– Je ne sais pas, Jules. Mibwaté n'a accepté personne d'autre que moi dans son enclos jusqu'à présent.

– Mais tu as dit qu'elle n'est pas méchante.

– Oui, mais… Écoute, on verra. Je lui poserai la question.

– Ouais ! triomphe Jules.

– En tout cas, pas question que tu apportes ton lance-pierre !

– Pff, je m'en doutais que tu allais dire ça ! Je pourrai apporter une banane, au moins ? Pour lui lancer au cas où elle voudrait m'éplucher.

– Haha ! Si tu veux !

– Je vais vite le dire à papa et maman !

– 'on ! s'exclame Louise, en retenant son petit frère par le bras, avant de signer de nouveau. Surtout, ne dis rien de tout ça aux parents ! Tu as bien vu comment ils ont réagi quand ils ont su que j'étais entrée dans la cage. Alors, imagine si tu leur dis que tu veux y aller aussi… Il faut garder ça secret.

– Ah oui, zut… C'est dommage que je n'ai aucun copain, ici. Parce que je ne pourrai le dire à personne.

– C'est justement le but d'un secret !

– Mais moi je ne trouve pas ça drôle ! Un secret, si on ne peut le raconter à personne, ça sert à quoi ?

– Haha ! Allez, viens. On va dire à maman qu'on monte aux Cabrets pour demander au père de Jérôme si vous pouvez tous venir au parc demain.

– Génial ! Comme ça, on va pouvoir passer près des moutons de José !

– Sans ton lance-pierre !

– Pff… Les filles, vous êtes agaçantes ! Vous lisez toujours dans notre tête !

CHAPITRE X

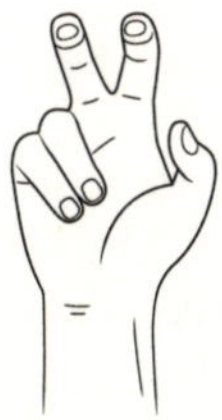

Samedi matin.

Toute la famille de Louise est dans le bureau des vétérinaires. Après une longue discussion rassurante avec le père de Jérôme, qui leur détaille les résultats incroyables obtenus par Louise, ainsi que l'évolution des projets liés au parc, Myriam et Jean rejoignent l'enclos de Mibwaté, auprès duquel sont censés se trouver déjà leurs enfants. Guidés par Jérôme, ils s'approchent calmement de la cage, et André manque de s'étouffer en découvrant la scène : Jules et Louise sont à l'intérieur, enlacés avec la femelle gorille, qui tient un petit chaton au creux de ses mains.

– J'ai u-neuu ba-na-neuu, articule exagérément Jules, afin de rassurer ses parents sans effrayer le gorille.

Lorsqu'elle les voit, Louise leur adresse un grand sourire puis, après être restée encore quelques minutes contre son amie, elle s'en détache pour pouvoir parler en langue des signes.

– Mibwaté, je te présente mes parents.

– O… O…

– Tu veux leur dire bonjour ?

– O… O…

– Qu'est-ce qui t'arrive ? Pourquoi ne signes-tu pas avec moi ?

– O… O…

– Mibwaté… Je ne comprends pas.

– O… Mibwaté triste.

– Pourquoi ?

– Parents Mibwaté morts. Mibwaté triste.

– Je sais, compatit Louise, en lui prenant la main. Je sais, ma pauvre amie… Viens.

Suivies de près par Jules qui tient toujours fermement la banane qu'il a prudemment emportée avec lui, Louise et Mibwaté s'approchent des barreaux. Là, Louise tend son bras vers ses parents, qui répondent en agrippant la main de leur fille. Puis la jeune fille saisit celle de Mibwaté.

Lorsque les doigts de Jean et Myriam accrochent ceux de la femelle gorille, ils comprennent aussitôt toute l'émotion que peut ressentir leur fille.

C'est alors que débarque Ladislas.

– André, chuchote-t-il. Une des alarmes s'est déclenchée au bureau. Viens voir.

Au même moment, des bruits d'énervement s'élèvent de l'enclos voisin où se trouve le clan de gorilles. Alertée, Mibwaté hume l'air, avant de s'agiter à son tour.

– Qu'est-ce qui se passe ? sursaute Myriam, immédiatement paniquée par la réaction du gorille. Attention, les enfants ! Reculez-vous !

– Ça va ! rassure Louise, tout en écartant du bras son petit frère.

Elle fait alors quelques pas en arrière, les yeux fixés sur le grand singe, fortement perturbé.

– Hommes mauvais, signe Mibwaté en gonflant ses narines. Homme un œil.

– Comment ça, un homme avec un seul œil ? s'étonne Jean.

– C'est l'un des suspects au sujet des dégradations qu'il y a eues dans le parc, explique Louise. Mibwaté m'en a déjà parlé.

Quelques dizaines de mètres plus loin, des hommes armés et encagoulés tiennent en joue le père de Jérôme et ses collègues. Deux des agresseurs s'approchent des grilles, avant de mitrailler Také et l'ensemble de son clan.

Tandis que le bruit des balles résonne jusque dans son enclos, Mibwaté est dans tous ses états et balaie nerveusement la poussière.

Sans réfléchir, redoutant que les hommes armés ne s'en prennent ensuite à elle, Louise ouvre aussitôt la porte de sa cage.

– Mibwaté doit fuir.

– O… O… O…

– Mibwaté doit s'enfuir loin dans la montagne.

– O… O… O…

– Ne t'inquiète pas pour nous. Ils ne nous feront pas de mal. C'est aux gorilles qu'ils en veulent.

– O… O…

– Pars vite ! Nous irons te retrouver plus tard. Je te promets, Mibwaté. J'irai te chercher.

– O… O…

– Là-bas ! hurle un des hommes armés, avant de tirer en direction de la femelle. Il y en a d'autres !

– Vite, Mibwaté ! pleure Louise. Va-t'en !

Après quelques hésitations, la femelle gorille sort de l'enclos et disparaît dans la végétation après avoir jeté un dernier regard à son amie.

Tandis que Louise est rejointe par ses parents, des chiens de chasse débarquent en hurlant. Sentant la piste de Mibwaté, ils s'élancent à sa poursuite et la rattrapent très rapidement, avant de se jeter sur elle. L'un d'eux est balayé d'un revers de bras et, après avoir volé dans les airs, vient s'écraser contre un arbre. Un deuxième chien est brisé en deux par la femelle, tandis que le troisième ne tarde pas à être éjecté à son tour. Celui-ci, bien que sonné, se relève rapidement et se jette alors sur Louise qui accourt au secours de son amie. Les dents de l'animal en furie entaillant le bras de la jeune fille, celle-ci bascule en arrière et se retrouve à la merci du colosse qui se rue sur elle. Hors d'elle, Mibwaté fond sur l'animal et le saisit par la gorge, avant de l'élever au-dessus de sa tête.

C'est alors qu'un coup de feu résonne dans la forêt.

Un fin filet rougeâtre s'écoule du front de Mibwaté qui, mortellement touchée, s'écroule comme un château de cartes.

– 'iwaté ! hurle Louise en se précipitant vers elle.

*
**

Lorsque la gendarmerie arrive sur place, elle ne peut que constater le massacre.

Plusieurs gorilles gisent sur le sol, et les vétérinaires prodiguent les soins d'urgence aux rares survivants.

– Ça va aller ? s'inquiète l'une des gendarmes, en venant près de Louise et de ses parents, regroupés dans le bureau.

Blotti dans les bras de sa mère, Jules pleure à chaudes larmes.

– Pourquoi ils ont fait ça ? répète-t-il inlassablement. Pourquoi ils ont tué les gentils gorilles ?

La femme gendarme s'accroupit pour parler à Louise qui, les yeux perdus dans le vide, a du mal à réaliser ce qui vient de se passer.

– Ça va, ma grande ?

– I' ont tué mo' amie, murmure Louise en éclatant en sanglots.

CHAPITRE Y

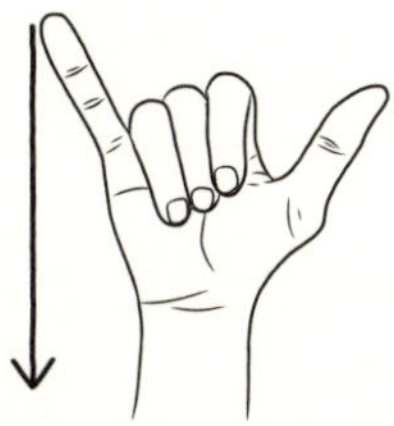

Dimanche après-midi.

Si les frères Vilbert n'avaient pas été inquiétés la fois précédente, cette fois-ci les enquêteurs de la gendarmerie n'ont pas tardé à remonter rapidement leur piste et celle de leurs complices. Quand ils les arrêtent, l'un des frères porte un pansement à un œil. En fait, comme il l'avouera lors de sa garde à vue, il s'était blessé la première fois où ils étaient venus tout dégrader dans le parc.

Comme avait voulu l'expliquer Mibwaté.

*
**

En cette fin de journée, Louise et ses parents s'apprêtent à rentrer à La Rochelle. Mais, avant de quitter les lieux, la jeune fille prend le temps d'échanger avec Jérôme.

– Voilà, écrit-elle sur son cahier à dessin. C'est le moment de partir.

– Tu reviendras cet été ?

– Je ne crois pas. Je pense que je ne pourrai plus jamais revenir par ici.

La gorge serrée et le cœur au bord des lèvres, Jérôme se sent défaillir.

– Mais, on se reverra, hein ? Dis-moi qu'on se reverra !

– Je ne sais pas.

– J'irai te voir, moi, si ça te fait trop de mal de revenir dans la région.

– Je ne sais pas.

– Mais, je ne peux pas me passer de toi, Louise ! Je… je…

Anéanti par le chagrin, le jeune garçon ne parvient plus à sortir le moindre son de sa bouche.

– Laisse-moi un peu de temps, s'il te plaît. Pour l'instant, je n'arrive pas à sortir Mibwaté de mon esprit… Son visage, le contact de ses mains, de sa peau… Son odeur, son regard… Tout cela remplit mon cœur et ma tête. Je suis si triste, Jérôme. Si triste…

Louise caresse alors la joue de son ami, le regard perdu dans ses grands yeux verts.

– 'e dois y a-ller, 'on 'entil 'érôme, dit-elle, en lui tendant son cahier. Ga'de-le. 'e se'a un souveni'.

– Je t'attendrai, souffle le jeune garçon. Je t'attendrai. Le temps qu'il faudra.

Les larmes de Jérôme s'écrasant sur l'encre fraîche, il regarde son amie s'éloigner vers la voiture où l'attend sa famille. Puis, assis sur le rocher où il a rencontré Louise la première fois, il voit le véhicule s'éloigner à jamais.

CHAPITRE Z

Juillet 2017. Paris.

Colloque international pour la protection des espèces vulnérables.

Jérôme est devenu un professionnel réputé, spécialisé dans la sauvegarde des grands singes. Venant de raconter l'expérience qu'il a vécue dix ans auparavant et qui l'a mené à faire ce choix de vie, Jérôme conclut son exposé devant une foule silencieuse, émue aux larmes.

– Cela s'est passé en 2007, mesdames et messieurs. Depuis, j'ai bien appris la langue des signes et, avec notre association, que nous avons appelée Mibwaté, en souvenir de la femelle gorille dont je vous ai parlé, nous militons pour la sauvegarde des grands singes. Dont les gorilles de montagne. Comme vous le savez tous, les singes sont nos plus proches parents. Pourtant, nous les regardons s'éteindre à petit feu. Chaque année, c'est près de cinq cent mille singes qui sont vendus vivants comme animaux de compagnie, pour les zoos ou la recherche médicale. Et plus de cent mille autres sont vendus en morceaux pour leur viande, leur utilisation en médecine traditionnelle, ou encore comme trophées. Désormais, quatre des six espèces de grands singes sont à deux doigts de la disparition. Si rien n'est fait, dans trente ans il n'y aura plus un seul grand singe dans la nature[4].

– Qu'est devenu le parc de Pierrefitte ? demande un journaliste, en se levant, micro à la main.

---

4. L'écosystème des forêts sera alors directement impacté, les grands singes, par leurs activités et déplacements, dispersant des graines un peu partout dans la nature. Il y a pourtant des solutions. Comme de sensibiliser les populations locales à la protection de ces espèces fragiles, en les aidant financièrement. Grâce à l'écotourisme, notamment.

– À la suite des événements au cours desquels Mibwaté a été tuée, le projet, sous la pression d'une partie de la population, a été abandonné et le parc démantelé.

– Pourtant, enchaîne un autre journaliste, lors de votre récit, vous avez présenté les habitants comme étant de votre côté, non ?

– Pas tout à fait. On va dire que nous étions tolérés et qu'il n'y avait pas d'animosité envers nous. Car, à part les frères Vilbert, nous n'avons jamais eu affaire à de farouches oppositions. Mais, si nombre d'entre eux étaient plutôt fiers de la mise en place de ce projet dans leur région, d'autres attendaient de voir ce que ça allait donner dans la durée. L'éventualité que Mibwaté et les autres singes puissent se retrouver en liberté, et soient donc susceptibles de rejoindre les habitations, leur a toujours fait peur. D'ailleurs, les Vilbert utilisèrent cette défense en soutenant qu'ils avaient été obligés d'abattre la femelle gorille car elle était en furie et ils avaient craint pour leur vie. La population n'a vu alors dans les gorilles que des bêtes sauvages incontrôlables, capables d'atteindre les habitations et d'attaquer les femmes et les enfants. Finalement, les frères Vilbert auront obtenu ce qu'ils voulaient…

– Que sont devenus les autres gorilles ? questionne un homme, dans le public. Je veux parler de ceux qui ont survécu à l'attaque.

– Il n'y en a eu que deux. Ils ont été replacés dans un parc que nous soutenons, en Autriche. Au cœur d'une forêt montagneuse verdoyante. Un véritable écrin végétal dans lequel ils terminent leur vie paisiblement.

– Et vos parents ? Que sont-ils devenus ? demande une jeune femme.

Jérôme marque un temps de pause et débouche une petite bouteille d'eau.

– Après ces événements, nous ne sommes restés que quelques mois aux Cabrets. Mes parents ont vendu la propriété et nous avons déménagé près de Saumur, dans le Maine-et-Loire. Il était trop difficile de rester dans la région où tous les projets s'étaient écroulés. Ce fut un vrai crève-cœur et mon père a eu beaucoup de mal à s'en remettre.

– J'imagine, intervient un autre journaliste. Travaille-t-il toujours avec vous pour la protection des singes ?

– Mon père est tombé en dépression pendant près de trois ans. Ce fut une période éprouvante pour lui et pour toute la famille. Puis, petit à petit, il a repris goût à la vie et a trouvé une place de soigneur dans un parc animalier spécialisé dans la protection des espèces en voie de disparition. Il y travaille d'ailleurs toujours à ce jour… Et, bien sûr, il fait partie de l'équipe bénévole fortement investie dans notre association. Nous sommes en effet aidés par de nombreux chercheurs et spécialistes du monde entier. Et je les en remercie chaleureusement.

– Qu'est devenue Louise ? demande une jeune femme dans l'assistance. L'avez-vous revue ?

Jérôme porte la bouteille d'eau à ses lèvres, et avale plusieurs gorgées avant de répondre.

– Jamais, murmure-t-il, la voix étranglée. Je n'ai plus jamais eu de nouvelles.

Machinalement, il fait glisser ses doigts le long de son collier, jusqu'à l'anneau qui y est accroché et qu'il a conservé depuis toutes ces années.

Un des organisateurs s'approche alors du micro et prend la parole. Derrière lui, sur un grand écran, est affiché le thème développé par Jérôme : « Communiquer avec les grands singes grâce à la langue des signes ».

– Mesdames et messieurs, nous vous remercions pour votre écoute et le grand intérêt porté à cette conférence. Malheureusement, le temps qui lui était consacré étant largement dépassé, il nous reste à remercier celui qui aura su vous faire partager sa passion pour les grands singes.

– Merci à vous pour votre accueil, dit Jérôme, avant de pointer son doigt vers le titre de son exposé (« La jeune fille qui parlait aux singes »). Et merci à celle qui a marqué ma vie à tout jamais.

Alors, tel un seul homme, tandis que Jérôme quitte la scène, l'ensemble de la salle se lève et applaudit à tout rompre.

*
**

En coulisses, alors que Jérôme rassemble ses affaires, il découvre un morceau de papier déposé sur l'un de ses sacs. Intrigué, il le déplie lentement et son regard se fige sur ce qui est inscrit :

« M'accorderez-vous cette danse ? »

Bouleversé, Jérôme se sent défaillir face aux dizaines d'images qui se bousculent dans sa tête.

Chancelant, il ferme ses paupières et s'appuie contre la table qui se trouve près de lui, tandis qu'un souffle empli d'émotion s'échappe lentement de sa poitrine.

Lorsqu'il rouvre les yeux, une personne se tient debout face à lui. Près de l'accréditation « vétérinaire » accrochée à son pull, pend une fine chaîne retenant une bague argentée semblable à la sienne et qu'il reconnaît aussitôt.

– 'u m'as manqué, murmure la jeune femme, les larmes aux yeux.

BENOIT GRELAUD

UNE MAGNIFIQUE LEÇON DE VIE !

P'TIT GROS

« ÉMOUVANT, CAPTIVANT IL VOUS TIENT EN HALEINE ET VOUS BOULEVERSE JUSQU'AUX LARMES. UNE TRÈS BELLE RÉUSSITE »

Gérard Collard, librairie La Griffe noire

FLEURUS

REJOIGNEZ
LA COMMUNAUTÉ
LIRE EN GRAND
Conseils de lecture, infos, extraits, concours...
TOUTE L'ACTUALITÉ
DES ROMANS FLEURUS !
You Tube
www.fleuruseditions.com/Romans

Achevé d'imprimer en octobre 2018 en Italie par L.E.G.O. S.p.A.
Numéro d'édition : J18234
Dépôt légal : septembre 2018